Heinrich Böll/Heinrich Vormweg
Weil die Stadt so fremd geworden ist ...
Gespräche

Verdrängungslust ist in Deutschland immer stärker gewesen als die Fähigkeit zur Trauerarbeit. Was aber verdrängt wird, ist deshalb nicht erledigt, verliert deshalb nicht einmal an Aktualität. Manche der Themen nicht nur, auch der Fragestellungen, Perspektiven, Betroffenheiten, die für die sieben Gespräche dieses Buches kennzeichnend sind, werden in der breiten Öffentlichkeit neuerdings absichtsvoll verdrängt. Es mindert nicht ihre Bedeutung, im Gegenteil. Es ist, meinen wir, nur ein Grund mehr, auf ihnen zu beharren und sie in Erinnerung zu halten.

Vor dem Hintergrund manch anderer persönlicher Gespräche sind die hier aufgezeichneten geführt worden im Blick auf Öffentlichkeit. Das eine oder andere Gespräch wäre nicht zustande gekommen ohne die Aufforderung und die Anregungen von Carola Stern, Hanjo Kesting und des so früh verstorbenen Klaus Sauer. Wir danken ihnen dafür.


Heinrich Böll

Heinrich Vormweg

Heinrich Böll / Heinrich Vormweg

# Weil die Stadt so fremd geworden ist …

## Gespräche

Lamuv Verlag

CIP-Kurztitelaufnahme der Deutschen Bibliothek

**Böll, Heinrich:**
Weil die Stadt so fremd geworden ist ... : Gespräche /
Heinrich Böll ; Heinrich Vormweg. –
Bornheim-Merten : Lamuv Verlag, 1985.
    ISBN 3-88977-013-4

NE: Vormweg, Heinrich

**Bitte fordern Sie unseren Kundenprospekt an, der Ihnen zweimal jährlich
kostenlos zugeschickt wird.**

1. Auflage, 1.–5. Tausend, Februar 1985
© Copyright Lamuv Verlag GmbH,
Martinstraße 7, 5303 Bornheim-Merten, 1985

Umschlagfoto und Foto Heinrich Böll: René Böll
Foto Heinrich Vormweg: Isolde Ohlbaum
Umschlagentwurf und Gestaltung: Gerhard Steidl
Gesamtherstellung: Steidl, Göttingen
ISBN 3-88977-013-4

# Inhalt

Wie sollen wir denn überhaupt leben (1976)
Seite 7

Solschenizyn und der Westen (1977)
Seite 27

Ein Gespräch über die Literatur der Sowjetunion
(1977)
Seite 53

Weil die Stadt so fremd geworden ist ... (1977)
Seite 73

Haben wir unseren Kindern noch etwas zu sagen?
(1980)
Seite 87

Schreiben als Zeitgenossenschaft I (1982)
Seite 103

Schreiben als Zeitgenossenschaft II (1982)
Seite 119

# Wie sollen wir denn überhaupt leben
1976

*Vormweg:* Es ist immer schwieriger geworden, und es wird immer schwieriger gemacht, über einfache Dinge zu sprechen. Das ist fast so, als gebe es keine wirklich einfachen Dinge mehr. Immer schwieriger ist es, meine ich, zu erkennen, daß ganz unentbehrlich ist, was Brecht mal »plumpes Denken« genannt hat; plumpes Denken als ein Gegensatz sogar zum dialektischen Denken, das es im Grunde in sich doch miteinschließt. Diese unsere Frage zum Beispiel: Wie sollen wir überhaupt leben?, sie ist verschleiert und verschüttet unter einer Masse von Anweisungen und Ablenkungen. Nicht nur Ideologien und Parteien, zum Beispiel auch die Medizin, die Technologien, neuerdings die Ökologie sprechen alle in diese Frage hinein. Und die Kataloge von Anweisungen, die von allen Seiten kommen, sie erklären natürlich im einzelnen vieles, im ganzen aber verwirren sie ständig das Bild. So wird dann, könnte man vielleicht grob sagen, aus: Du sollst nicht töten oder stehlen, manchmal: Du sollst nicht rauchen. Aber es scheint zugleich so zu stehen, daß die traditionellen einfachen Regeln nicht mehr weiterhelfen. Oder helfen sie doch weiter? Genügt es zum Beispiel, sich bei der Frage, wie sollen wir überhaupt leben, auf die Zehn Gebote zu besinnen, oder brauchen wir neue Zehn Gebote? Aber ich will zunächst gar nicht so weit und so schwierig zurückfragen. Nur unser Land und seine jüngste Vergangenheit. Zwei Jahrzehnte und länger hat, so scheint mir manchmal, die eine Glaubensregel genügt: Wir müssen vorankommen, mehr Wohlstand. Sie war geradezu eine Art Stabilitätsgeheimnis, das dann immer mehr auch zum geheimen Gegenstand etwa eines Festes sogar wie Weihnachten geworden ist – man feiert, wie weit man es gebracht hat. Sie,

Heinrich Böll, haben dieses Prinzip schon sehr früh kritisiert und attackiert. Inzwischen ist es immer mehr Menschen fragwürdig geworden. Und mehr noch: Es ist auch in Frage gestellt durch objektive Entwicklungen. Obwohl es aber längst mehr und mehr soziale und politische Krankheitssymptome produziert, wagt man nicht, das Prinzip fahren zu lassen. Es erhöht die Zahl der Hungernden in der Welt und die Zahl der Arbeitslosen, und es verstärkt das Gefühl von Sinn- und Zukunftslosigkeit unter jungen Menschen. Wir brauchen also eine Art neuer sozialer Lebensregel. Wo müßte man sie, könnte man sie suchen?

*Böll:* Fangen wir mal an mit dem sehr komplizierten Begriff der Einfachheit. Er wird ja angewendet auch auf Menschen. Man spricht so gern von einfachen Menschen, und ich möchte vorausschicken, daß mir noch kein einfacher Mensch je im Leben begegnet ist. Das gibt es nicht. So, wie der Terminus gebraucht wird, bedeutet er eigentlich: Leute, die nicht viel Geld haben. Bei denen man dann gleichzeitig voraussetzt, daß sie nicht sehr gebildet sind im herkömmlichen Sinne und nicht sehr viel nachdenken und nicht sehr sensibel sind. Alles das stimmt nicht, verstehen Sie? Alles das stimmt schon nicht. Wenn man also den Begriff der Einfachheit auf eine Menschengruppe anwendet, ist man schon auf dem falschen Weg, das sogenannte Einfache zu suchen. Und wenn wir jetzt versuchen, das einfache Leben als neue, sagen wir: soziale Überlebensmöglichkeit zu definieren, müssen wir, glaube ich, sehr vorsichtig sein. Es gibt ja auch eine modische Einfachheit, die eigentlich der Ausdruck des allerhöchsten Luxus ist. Zum Beispiel wenn die Töchter und Söhne von internationalen Multimillionären mit zerschlissenen Hosen und barfuß Auto fahren, so ist das schon eine lebensgefährliche Form von Einfachheit. Wer kann sich das erlauben, in kaputten Hosen rumzulaufen? Verstehen Sie? Wir müssen also ganz vorsichtig sein, wenn wir später auf Konsumfragen kommen, damit wir nicht die Menschen, die es sich einfach nicht leisten können, in diesen Dingen souverän zu sein, weil sie in einem bestimmten

Arbeitsablauf stehen, ob als Arbeiter, Angestellter, ja sogar als Manager – in dem Sinne fasse ich den Begriff des abhängig Arbeitenden sehr weit, gerechterweise. Wer kann sich das erlauben, barfuß und mit kaputten Hosen durch die Gegend zu gehen?

*Vormweg:* Diese Einfachheit und ihre Problematik habe ich eigentlich nicht gemeint. Das »plumpe Denken«, dieser immer wieder vergessene Begriff, bezieht sich nicht auf die Lebensführung, auf Konsum- und Modebedürfnisse, sondern bezieht sich tatsächlich auf die Bewußtseinsebene, auf das Verständnis dessen, was in der Gesellschaft vor sich geht, und er will die Vielfalt der verschiedenen Erscheinungen, die sich kaum noch in eine Ordnung bringen lassen, zurückführen – jetzt vom Bewußtsein her, nicht aus der Lebenspraxis –, zurückführen auf das Grundphänomen, das dahintersteckt. Ich denke, es ist nicht ganz falsch, zu sagen, daß in der Expansionsphase der Bundesrepublik, bei diesem ständigen Wirtschaftswachstum, hinter all den unheimlich vielen, schillernden Phänomenen, hinter der Entwicklung des Konsums, hinter der Entwicklung der Moden, hinter der Entwicklung auch der intellektuellen Moden, hinter der Entwicklung auch der Wissenschaften und der Medizin, die sich ja ungeheuer entwickelt haben, – daß hinter all diesen komplizierten Dingen ein Grundprinzip, eine Art Regel stand, nach der sich alles ordnete, der sich alle zuordneten, nämlich: vorankommen, weiterkommen, aufbauen, etwas Solides herstellen. Mir ist ganz klar, Einfachheit ist ein ungeheuer komplizierter Begriff, und darauf einzugehen im Sinne von einfachem Leben und so weiter, ich glaube, das wäre falsch.

*Böll:* Nicht ganz. Es gibt ja Bewegungen, schon Gruppen, und nicht so kleine, die etwa aufs Land ziehen, einen Bauernhof betreiben, denen etwas wie das, was man früher einfaches Leben genannt hat, vorschwebt im Sinne von unabhängig sein, produzieren, davon leben, ein bißchen Bargeld beim Verkauf der Produkte einnehmen. Ich glaube, das sollte man nicht ganz ausschließen als Möglichkeit. Nur sehe ich da dann wieder die

Gefahr, daß das eine sehr exklusive Möglichkeit wird. Wie sollen die anderen leben, zum Beispiel die wir in Städten leben müssen, arbeiten müssen, oder auch die in Städten leben möchten. Jene Art der Einfachheit sollte man nicht ausschließen, auch nicht denunzieren, das liegt mir gar nicht. Wie sollen aber, sagen wir einfach: die Massen der Industriegesellschaft – zwischen Dortmund und Bonn so ungefähr zehn Millionen Menschen, schätze ich –, wie sollen die zu dieser Art Einfachheit zurückkehren? Ich glaube, wenn wir jetzt die Bundesrepublik isoliert sehen, dürfen wir nicht vergessen, daß die Deutschen zwei totale Inflationen hinter sich haben und im Grunde genommen immer ein armes Volk waren. Denken Sie zurück bis 1955 und von 1955 zurück so weit Sie wollen, bis 1805 oder 1730 oder 1612, wir waren immer ein armes Volk, und zwar arm im materiellen Sinne. Und dazu noch durch zwei Inflationen geschockt, durch Erfahrung, wie schnell Werte, etwa Erspartes, sogar Grundbesitz, wenn man nicht Großgrundbesitzer war, wie schnell das alles weg war. Also in einem Zustand totaler ökonomischer Unsicherheit und Armut kommt plötzlich, was man Wirtschaftswunder genannt hat, und ich glaube, daß die Armut und die Verarmung während des Krieges und nach dem Krieg natürlich ein ungeheurer Antrieb war, diese Werte zu schaffen. Wenn Sie dazu noch denken an die Mengen von Flüchtlingen, die nichts hatten als ihre Hände in der Tasche. Die wollten natürlich auch, sagen wir: zu Potte kommen, in dieser Welt wieder eine Wohnung haben, ein Einkommen haben, sie wollten ihre Kinder auf die Schule schicken. Das alles, glaube ich, ist durchaus verständlich und auch respektabel gewesen. Aber es ist dann steckengeblieben in einem, wie ich finde und empfinde, reinen Materialismus. Nun müßte man über das Gegenteil von Materialismus reden. Und über die Angst vor erneuter Unsicherheit. Die sollte eigentlich nach der Sozialgesetzgebung, die wir haben – wirklich eines der großen Verdienste aller Regierungen, die wir gehabt haben, und natürlich auch der sozialliberalen Regierung –, die Angst vor der totalen Armut sollte durch die Sozialgesetzgebung, durch die Rentengesetzgebung überwunden sein. Und trotzdem ist sie da, trotzdem ist sie da, und ich verstehe, daß sie da ist. Ich denke an meinen Vater und an Verwandte in den verschiedensten Lebenslagen und auch gesellschaftlichen Stellungen, wie diese Menschen um die Frucht ihrer Arbeit, das kann man so nennen: betrogen worden sind, durch diese lächerlichen idiotischen Kriege ... Wir brauchen darüber nicht weiter zu sprechen. Die Angst sitzt also sehr tief, und offenbar ist es unmöglich, sie zu überwinden, und da kommen wir auf das, was wir über die jungen Menschen gesagt haben, die natürlich diese Angst spüren bei den Eltern und selber nichts sehen, was ihnen diese Angst nehmen könnte.

*Vormweg:* Aber das hat doch etwas Irrationales. In Wirklichkeit ist es ja so, daß trotz all dieser Vorgeschichten die Bundesrepublik heute eines der reichsten Länder auf der Erde ist. Da müßte es doch möglich sein, hier Gegengewichte zu finden.

*Böll:* Nehmen wir das mal an – die Bundesrepublik als eines der reichsten Länder mit der erstaunlichsten Sozialgesetzgebung, die sogar im Vergleich mit Schweden und Holland sich sehen lassen kann. Was da gegen die Angst zu tun ist? Also, ich sehe gar keine andere Möglichkeit als die Freilegung verschütteter geistiger und auch religiöser Werte. Ich nenne sie verschüttet. Auf den Werten, die das Christentum offiziell vertritt und immer vertreten hat, hat sich so viel geschichtliche Heuchelei angesammelt, auch zuviel Interpretation, zuviel sehr abstrakte theologische Überlegungen, die mit Religion gar nichts mehr zu tun haben, weil sie fast schon ein L'art pour l'art in sich geworden sind, daß sie weder den einfachen Menschen noch hochintellektuellen Menschen noch irgend etwas nützen. Diese hochgebauten theologischen Gebäude, unter denen man dann Gott entdecken muß oder Gott verstecken will, oder das, was mit Gott gemeint ist, verstecken will ...

*Vormweg:* Also auch hier eine der Formen der Entfremdung, eine Entfremdung von den für das Leben unmittelbar entscheidenden und wichtigen Vorgängen. Wenn dieses Prinzip, dieses Lebensprinzip: wir müssen vorankommen, verdienen, es weiter und weiter bringen, sich so ungeheuer stark verfestigen konnte, so in die innere Struktur des menschlichen Lebens sich einschleichen konnte, sie sozusagen übernommen hat, wenn die meisten Entscheidungen immer mehr von diesem Lebensprinzip her getroffen worden sind, dann war das bei gleichzeitiger christlicher Ideologie ja doch so, daß die komplizierten Gedankengänge, die Sie erwähnen, zu Recht finde ich, dies mit verschleiert haben.

*Böll:* Ich glaube sogar, daß sie in einem unmittelbaren Zusammenhang miteinander stehen. Nicht bewußt. Die Theologie hat nicht bewußt ungeheuer komplizierte Gebäude aufgebaut, um die Menschen von dem abzulenken, was im ursprünglichen Sinne religiös gewesen sein könnte. Ich meine auch nicht nur das Religiöse, ich meine das Geistige. Und das kann auch nichtreligiös sein. Es kann atheistisch sein, das ist ja auch eine Form hoher Geistigkeit. Ich will das gar nicht auf tradierte Werte reduzieren oder auf solche, die dafür gehalten werden. – Aber bleiben wir beim Vorankommen. Das ist ja im Grunde genommen ein Kampfprinzip, meint permanenten Kampf. Sie können das Wachstum nennen. Wenn Sie den Begriff des wirtschaftlichen Wachstums auf das Leben von jemand anwenden, der vorankommen will, dann ist er auch auf Wachstum angewiesen, nämlich auf Karriere und ein bißchen mehr Geldverdienen, und seine Kinder noch mehr und so weiter. Ich glaube, wir können uns da auf den Begriff des Wachstums beschränken, wenn man den etwas weiter faßt als reine Umsatzsteigerung oder Steigerung des Sozialprodukts, und ich bin ziemlich sicher, daß das ein lebensgefährliches Prinzip ist. Zunächst einmal irreführend, weil Wachstum ein organischer Begriff ist. Ein Baum wächst, ein Kind, eine Pflanze, ein Tier, und Wirtschaftswachstum mit diesem organischen in Verbindung zu bringen ist schon Schwindel. Ich möchte sagen: Schwindel.

*Vormweg:* Krebs wächst auch.

*Böll:* Krebs wächst auch. Sehr richtig. Also es wächst das Kranke, und es wächst auch das – sagen wir: organische Leben.

Krebs ist sogar eine ausgesprochene Wachstumskrankheit. Und wenn man das jetzt nicht symbolisch, sondern ganz realistisch auf Wachstum der Wirtschaft als ein unbedingt Notwendiges überträgt, dann kann man auf sehr merkwürdige Gedanken kommen.

*Vormweg:* Es gibt ja Leute, die mit recht plausiblen Gründen befürchten, daß möglicherweise schon ein Stadium erreicht sei, in dem Wachstum in die kranke, fatale Art des Wachsens umschlägt, umgeschlagen ist.

*Böll:* Wenn man nicht früh genug aus einer – ich gebrauche ein großes Wort – geistigen oder religiösen Perspektive das Wirtschaftswachstum in Zweifel zieht, dann wuchert das tatsächlich, wuchert wie Krebs, und dagegen gibt es kein Mittel mehr.

*Vormweg:* Wäre es vorstellbar, an die Stelle dieses Begriffs Wachstum doch etwas anderes zu bringen, das ihn relativiert, sogar ersetzt? Individuell ist es vorstellbar. Sie und ich, wir kennen Menschen, die ihr eigenes Leben gegen den Strom nach ganz anderen Orientierungen eingerichtet haben. Aber das wird immer die Frage bleiben, eine Hauptfrage, wie sich ein Verhältnis finden läßt zwischen individuellen Entscheidungen und sozialen Mechanismen. Wenn diese individuellen Entscheidungen, die meist sogar einen elitären Charakter annehmen, sich nicht vermitteln können in die Gesellschaft, um dann in der Gesellschaft, zu gesellschaftlichen Mechanismen objektiviert, auf die Leute, die Menschen auszustrahlen...

*Böll:* Also auch gesellschaftsfähig und nachahmbar wären. Sagen wir als Lebensmodell...

*Vormweg:* Halten Sie es für vorstellbar, daß sich in unserer Gesellschaft, wie sie sich heute entwickelt hat, an die Stelle eines Prinzips wie Wachstum ein Prinzip wie Solidarität rücken ließe?

*Böll:* Solidarität ist wahrscheinlich zunächst zuviel verlangt. Wenn wir bedenken, wie wir – ich beziehe mich ein – darauf getrimmt worden sind, voranzukommen, und eigentlich auch in dem Modell des Vorankommens leben, uns bewegen, also fast wie Radfahrer ... Ich glaube gar nicht, daß man die kulturell produktive Schicht ausschließen kann. Es ist zum Beispiel etwas Unheimliches daran, das mich immer wieder beunruhigt, daß Freunde, Kollegen genauso wenig Zeit haben wie ein 17jähriger, der kurz vor der mittleren Reife steht, oder ein 18jähriger, der vor dem Abitur steht, wie ein Lehrling, der soundso viel Kurse noch mitmachen muß. Wir sind doch alle in dieser Tretmühle des Keine-Zeit-Habens, und ich glaube, daß man für den Anfang versuchen könnte, und zwar sehr viele gesellschaftliche Gruppen unabhängig von ihrer Herkunft und auch unabhängig von der historischen Fracht, die sie mitschleppen, einmal darüber nachzudenken, was Zeit ist. Zeit als Materie. Lebenszeit, Tageszeit – und was wir mit unserer Zeit machen, verstehen Sie? Daß Zeit haben schon ein hoher Luxus geworden ist, ist eigentlich eine fürchterliche Sache. Zeit für seine Kinder, seine Frau, seine Freunde, umgekehrt und so weiter. Und da kommt natürlich auch der Begriff des Wachstums in Konflikt mit dem Begriff Zeit. Vielleicht wäre Zeit in dem Sinne, wie wir, wie Sie das Gespräch angefangen haben, ein sehr einfacher Wert, ein plumper Wert. Wenn man das Wort »Zeit ist Geld« umkehrt, kommt man ja darauf, daß Geld dann auch Zeit ist.

*Vormweg:* Dann gibt es eine schizophrene Rechnung. In unserer Welt jetzt ganz direkt, wo eben die Zeit eine solche Rolle spielt, baut man ja immer mehr Voraussetzungen dafür aus, daß man möglichst viel Zeit spart. Aber die hat man dann gar nicht. Es gibt Leute, die berechnet haben – entsprechend dieser Thesen von Ivan Illich, Sie kennen sie –, daß man bei unserer heutigen Verkehrsdichte schon längst mit einem Fahrrad viel schneller vom Arbeitsplatz wieder nach Hause käme, und auch morgens in den jeweiligen Rush hours vom Hause zum Arbeitsplatz, als mit einem dieser Beschleunigungsmittel, die Zeit sparen wollen.

*Böll:* Ja, natürlich, diese Absurdität gehört in die Überlegung hinein. Das erleben wir alle, die wir ein Auto haben, daß man da verrückt werden kann. Und man kann ja auch nicht zu

Fuß einfach weitergehen. Sie können ja nicht die Karre stehen lassen und denken, leck mich am Arsch, ich laufe. Sie sind da in einer merkwürdigen Freiheit. Merkwürdige Freiheit ist das, wenn Sie so nachmittags zwischen vier und sechs von hier, sagen wir: nach Bonn oder Godesberg fahren. Da kommt Ihnen wirklich ein Fußgänger, und wär's ein Tippelbruder, sehr frei vor, sowohl in seiner Bewegungsfreiheit wie in seiner Zeit. Bleiben wir bei der Zeit, und kommen wir zurück auf die jungen Leute, die versuchen, ein Modell zu entwickeln, das von der Gesellschaft zunächst nicht akzeptiert wird, denn ich glaube, da müßte man – speziell bezogen auf uns Deutsche – das Laufbahndenken ändern. Das ist mir immer wieder aufgefallen, ganz besonders in England etwa, daß jemand Doktor der alten Sprachen sein kann, also ein Altphilologe, aber dann mal zwei oder drei Jahre Verkäufer wird in einem Warenhaus oder Barkeeper und dann wieder an die Schule zurückgeht. Also diese Flexibilität...

*Vormweg:* Aber fühlt er sich wohl dabei?

*Böll:* Ja. Das ist das Wichtige – ja. Er fühlt sich wohl dabei. Ich kann das natürlich nicht für alle sagen, und es wäre anmaßend zu behaupten, daß jetzt alle arbeitslosen Altphilologen sehr glücklich wären als Barkeeper. Aber es gibt diesen Unterschied im Laufbahndenken.

*Vormweg:* Und sein Ansehen, es wird nicht geschmälert?

*Böll:* Überhaupt nicht, das ist das Interessante. Er fühlt sich weder gedemütigt, noch wird er von seinen Freunden als gedemütigt oder verächtlich empfunden. Und ich denke jetzt an einige junge Leute, die ich kenne und die das Prinzip haben: Gut, ich arbeite ein halbes Jahr und verdiene Geld genug, um den Rest des Jahres damit zu leben, zu reisen, zu trampen. Das sind natürlich keine ungeheuer attraktiven Konsumenten, diese jungen Leute, sie haben nur das Lebensnotwendige, und vielleicht können wir über die Frage, was brauchen wir zum Leben, eine alte Menschheitsfrage, wieder auf den komplizierten Begriff der Einfachheit kommen. Dieses Laufbahn-Modell wird ja für sehr viele junge Menschen mörderisch, ob sie studiert haben, ob sie nicht studiert haben, also auch im Hinblick auf Arbeitslosigkeit, wahrscheinlich oft eine permanente Arbeitslosigkeit. Da wird das sehr wichtig, vom Recht auf eine Laufbahn abzukommen, auf eine bestimmte Laufbahn, und sich darauf zu besinnen, daß man eigentlich ja lebt, um zu leben. Voraussetzung, wenn wir hier darüber sprechen, ist allerdings, daß wir beide gut reden haben, Herr Vormweg.

*Vormweg:* Das ist richtig.

*Böll:* Wir haben Berufe, die uns Spaß machen. Versetzen wir uns doch in die Lage auch von Millionen Menschen, für die Wachstum noch immer sehr wichtig wäre, weil es ihnen an so vielem fehlt, die also noch teilhaben müßten am Wachstum, während das offiziell propagierte Wachstum permanent an ihnen vorbeiläuft. Das wollen wir nicht vergessen, wenn wir das Prinzip Wachstum kritisieren, daß es noch Millionen Menschen gibt – auch in der Bundesrepublik –, die ein bißchen Wachstum dringend brauchten, auch das muß gesagt sein. Und das auszugleichen, dieses Krebswachstum, wie wir es zu definieren versucht haben, und Wachstum als eine wichtige Komponente des sozialen Lebens, das wird sehr schwierig sein, und ich sehe keine andere Möglichkeit, als Bewegungen in Gang zu setzen; das ist ein sehr böses Wort, ja, weil wir von einigen Bewegungen in unserer Geschichte so einiges Merkwürdige erfahren haben, aber ich bin bereit, den Begriff zu ersetzen, mir fällt jetzt keiner ein.

*Vormweg:* Bürgerinitiativen?

*Böll:* Ja. Ja, Bürgerinitiativen haben allerdings meist einen zu lokalen Bezug. Ich meine jetzt nicht Brokdorf und Whyl, das sind ja Bürgerinitiativen, deren Impetus weit über das Lokale hinausgeht und die ja eigentlich gegen das Krebswachstum protestieren. Wenn das sich in Zusammenhang bringen läßt mit der Überlegung über wirtschaftliches Wachstum, dann wäre das eine Möglichkeit. Und da sehen Sie ja überraschende Koalitionen, ganz überraschende Koalitionen, die im Parlament undenkbar wären. Sehr konservative Leute – Bauern sind meistens sehr konservative Leute, müssen sie auch sein, sie haben auch Grund dazu – verstehen sich plötzlich mit vorher verachteten, sagen wir: linken Gruppen, die man ja immer nur diffamiert, wenn man sie im Zusammenhang mit diesen Bewegungen nennt. Da könnte sich schon so etwas herausbilden.

*Vormweg:* Ich will noch einmal versuchen, an einem Punkt anzusetzen, an dem wir vorher schon einmal waren. Auch Sie haben gesagt, daß es nicht ausreicht, von individuellen Entscheidungen einzelner auszugehen, daß grundsätzliche Vorstellungen sich gesellschaftlich vermitteln müssen und gesellschaftlich vermittelt werden müssen auch an die Menschen, denen die Voraussetzungen oder das Interesse fehlen, sich hiermit bewußt auseinanderzusetzen. Und da muß man in der Tat festhalten, daß das Wachstum nicht nur das Krebswachstum erzeugt. Es erzeugt auch diese Nebenphänomene, von denen Sie vorher gesprochen haben. Es erzeugt die vielen Menschen mit, die in Armut leben; Untersuchungen sprechen von sechs Millionen Armen in der Bundesrepublik. Es erzeugt die Randgruppen, die einzeln sich Auflehnenden, manchmal mit Erfolg für ihre Gruppe oder für ihre Person, Leute, die aufs Land ziehen und sich da irgendwo ansiedeln. Es erzeugt mit die ständige Natur- und Kulturvernichtung, die überall vorgeht. Das ist die eine Herausforderung. Ich möchte auch einmal auf eine andere Herausforderung noch zu sprechen kommen, die jetzt auf der Ebene fast von Verantwortung zu sehen ist und die niemand am eigenen Leib erfährt, wenn er nicht einem ganz extremen Zufall ausgesetzt ist. Ich meine die Herausforderung, daß diese Armut und diese finsteren Begleiterscheinungen des »Wir müssen vorankommen«, das sich ja langsam abstoppt und so einige Konvulsionen erzeugt, daß dies alles, diese ganze Armut und diese ganze Quälerei natürlich Reichtum ist im Vergleich mit den Leben der anderthalb Milliarden, in Zahlen: der 1 500 000 000 Hungernden in der Dritten Welt, von denen Sie und ich natürlich auch gut reden haben, weil wir nicht in der Dritten Welt leben mit ihren Lagern, Gefängnissen, Folterungen und so weiter.

Hier ist eine Herausforderung, die doch längst dieselbe Intensität hat wie die in unserer unmittelbaren Umwelt, eine Herausforderung, die noch dringender nach einer Umkehrung dieses Grundgesetzes vom Wachstum ruft als das, was wir so hier und da oder täglich erleben. Ich denke, daß man von beidem zugleich reden muß, wenn man davon redet, wie wir denn heute überhaupt leben sollen, und ich denke, daß auch hier die Frage ist – und da ist eine zugegeben so schwierige Sache wie Solidarität noch dringender erforderlich –: Wie vermitteln sich nun diese Realitäten zu den Menschen hin, wie können sie ein Bewußtsein hervorbringen, das sich nicht so wegwischen läßt wie allabendlich vor dem Fernsehapparat, wenn irgendeine Katastrophenmeldung kommt, die man konsumiert und unmittelbar nachher vergessen hat. Wie können diese Realitäten so konkret werden, so daß man beginnt, im Bewußtsein dieser Realitäten zu leben. Und das hieße: sein Leben von innen her zu korrigieren.

*Böll:* Wenn wir davon ausgehen oder versuchen, Nationen oder Völker im Sinne einer Weltgemeinschaft als Individuen zu sehen, also sagen wir: jetzt die Bundesrepublik als ein Individuum innerhalb dieser Hunderte Individuen einer sehr, sehr unterschiedlich um uns lebenden, arbeitenden, vegetierenden Menschheit, dann bleibt, glaube ich, nur das Beispiel der jungen Leute, das wir eben genannt haben. Das kann man dann international transportieren. Ich glaube nicht mehr, daß man das, was Sie Solidarität nennen – ich lehne die nicht ab, verstehen Sie, das möchte ich klarstellen, im Gegenteil, ich habe nur meine Zweifel, ob eine so auf Laufbahn, Vorankommen, Wachstum auf jeder Ebene getrimmte Gesellschaft so rasch zur Solidarität kommt, ich hoffe das, aber es wäre unrealistisch –, ich glaube nicht, daß es noch möglich ist, solche – nennen wir es so – Solidarität durch Medien, Zeitungen, Fernsehen zu vermitteln. Das ist nur noch möglich durch direktes Zusammenkommen mit Menschen aus diesen Welten, nicht auf dem Weg der Information über die Zustände, sondern gedenkend eines Begriffs, der sowohl mit Weihnachten zu tun hat wie auch mit dem Marxismus, nämlich des Begriffs der Menschwerdung. Überhaupt »Dritte Welt« – die nennen wir in sehr herablassender Weise so und fühlen uns dabei als Erste Welt, und daran zweifle ich schon lange, wenn ich unseren tödlichen Materialismus sehe, daß wir je Erste Welt gewesen sind. Lassen wir es bei der Vereinfachung. Aber die Medien, ganz gleich welcher Art, ob links, rechts, Mitte und halblinks und halb Mitte, sie vertreten und repräsentieren natürlich, und das wohnt ihnen einfach inne, unsere Arroganz, unsere Propaganda über Wachstum und so weiter. Ich glaube, daß es nur noch in kleinen, größeren, mittleren Gruppen und völlig unabhängig von den Medien möglich ist, sich mit der anderen Welt zu beschäftigen und zu solidarisieren.

*Vormweg:* Also völlig unabhängig von unseren eigenen gesellschaftlichen Strukturen?

*Böll:* Nein, das nicht. Das ist eine andere Frage. Ob Kirchen oder nichtkirchliche Organisationen oder Gruppen, das ist eine andere Frage. Aber unsere Medien, die sind – wie soll ich das nennen – viel zu wachstumsverseucht, weil sie erfolgsverseucht sind; wir haben den Begriff des Erfolgs noch gar nicht erwähnt, der ja wichtig ist im Zusammenhang mit Wachstum und Vorankommen und Ellenbogen und so weiter. Und wenn Sie das analysieren, sehen Sie ja, daß ganze Riesenkomplexe depravierter Menschengruppen überhaupt nicht auftauchen. Nehmen Sie den Iran. Iran, ein wichtiger Partner im Wachstum und eines der schrecklichsten Länder, wenn man die politischen, die Gefängnisverhältnisse sieht, wenn man sieht, was da so alles unter der herrlichen vergoldeten Schah-Oberfläche passiert. Ich nenne das jetzt nur als Beispiel. Davon wird nichts in den Medien sichtbar. Hin und wieder mal ein Film, es kommt schon mal ein Artikel in eine Zeitung, aber was da wirklich vor sich geht neben dieser Autolawine, die man dann in Teheran sieht, und den schicken Villen, davon erfahren Sie fast nichts. Unzählige Studentengruppen, Amnesty und andere Organisationen versuchen, unseren Wachstumswirtschaftsleuten den Iran mal von dieser Seite zu zeigen, aber ich frage mich, ob unsere Industriellen, wenn sie mit dem Herrn Schah, oder wie er heißt, verhandeln, überhaupt darüber nachdenken. Die Verlagerung, ich will nicht sagen: des Moralischen, sondern des Menschlichen überhaupt, kann nur über Gruppen, wie ich sie eben zu beschreiben versuchte, geschehen. Wissen Sie, früher – ich sag' das sehr ungern, das klingt nostalgisch, und da ist eine Gefahr drin – gab es Orden, die eine bestimmte Wende propagierten. Also wenn Sie eine Bewegung nehmen – in dem Sinne brauche ich das Wort Bewegung – wie die von Franz von Assisi hervorgerufene, das war ja eigentlich eine Anti-Wohlstandsbewegung, es war auch eine Anti-Wirtschaftswunderbewegung. Italien war in einer Blüte, hochmaterialistisch, elegant und schick, so wie das heute ungefähr bei uns ist, und da kam also dieser Kaufmannssohn und gründete den Orden oder die Bewegung, und soviel ich weiß, hatte er nach sehr kurzer Zeit in Italien 200 000 Anhänger, die ja praktisch wie Gammler rumliefen – man muß das historisch korrekt sehen, es waren Gammler –, die auf den Luxus der Städte verzichteten. Und wenn das international möglich wäre ... Die Kirchen und auch die Orden selber sind ja zu korrumpiert und zu sehr vom Wirtschaftswachstum abhängig, als daß sie eine solche Bewegung ernsthaft stützen oder gar fördern könnten. Aber wenn das möglich wäre, dann würde für viele Menschen, die hoffnungslos in die Zukunft sehen und die überhaupt keinen Ansatz mehr erkennen, was ja offenbar auf sehr viele Jugendliche zutrifft, doch vielleicht ein Funke entstehen, etwas Adventistisches, nennen wir es so, eine Hoffnung.

*Vormweg:* Wenn ich Sie recht verstehe, sehen Sie also nicht die Möglichkeit, daß so eine Art Fundierung der Politik auf Moral in einem größeren Maßstab über einzelne Bewegungen hinaus sich innerhalb einer bestehenden Gesellschaft und international so verdeutlichen könnte, daß es tatsächlich Auswirkungen hat.

*Böll:* Nein. Ich möchte das auch nicht Moral nennen, sondern Menschlichkeit. Wenn Sie sich das ansehen, was auf Konferenzen passiert, egal auf welchen, ist es im Grunde hoffnungslos, was da gemacht wird, gesagt wird, geplant wird. Es verdeutlicht sich immer noch nur der Egoismus des Individuums Nation oder Volk oder Republik X oder Y, und die Politik – von wenigen Ausnahmen abgesehen und zwar völlig unabhängig von der Partei, von der Parteipolitik – strahlt da nur Hoffnungslosigkeit aus. Wenn wir die Dinge meinen, über die wir sprachen: Dritte Welt, Depravierung, Einfachheit oder wie man das nennen will, da kann nur etwas gegen die Politik geschehen und möglicherweise dann eine politische Wirkung haben. Also bleiben wir bei dem Beispiel Franziskanismus. Ich glaube, zwei Generationen später schon war ein Franziskaner Papst. Damit war auch der Franziskanismus natürlich fast tot. Es muß gar nicht gesucht werden nach der politischen Etablierung, sondern diese Bewegungen oder diese Bewegung müßten eine solche Kraft haben, daß die Politik nicht mehr an ihr vorbeigehen kann. Nehmen Sie ein Beispiel wie Brokdorf. Wenn das nicht passiert wäre, was da passiert ist, daß man also sehr konservative Menschen, die nichts weiter wollen, als ihre Erde halten und erhalten, so behandelt hat, wie man sie behandelt hat, und wenn das nicht – da muß man die Medien loben, ausnahmsweise – bekannt geworden wäre, wäre doch kein Mensch auf die Idee gekommen, über Atomenergie, oder wie man das nennt, überhaupt noch nachzudenken, das wäre doch weitermarschiert. Aber jetzt ist die Nachdenklichkeit in die Politik eingedrungen, verstehen Sie, ich nenne das als Beispiel.

*Vormweg:* Aber das kann ja doch nur, entsprechend dem Beispiel, daß nach zwei Generationen schon ein Franziskaner Papst war, eine sehr vorübergehende Nachdenklichkeit in der Politik erzeugen. Ich nehme an, daß in einigen Jahren der Kraftwerkbau sich mit leichter Verzögerung ohne weiteres fortsetzen läßt und daß es diese Aussicht ist, was die Politik bestimmt.

*Böll:* Ein bißchen reduziert und mit ein bißchen mehr Rücksicht gegenüber den Betroffenen geht das weiter. Natürlich. Das ist nicht sehr vielversprechend, aber es ist ein Ansatz. Und wenn man über das direkte Interesse hinaussieht – das ist ja ein

21

Interesse der Menschen, die da wohnen, also insofern schon lokal oder regional –, zeigt sich wenigstens eine Hoffnung. Während die Politik – das ist jetzt sehr pauschal – wenig Hoffnung macht, dieses ganze Gefummel.

*Vormweg:* Dann ist also Politik – ich sage es wieder abstrakt – in Ihren Augen, ob es nun jetzt, auf die Bundesrepublik bezogen, eine CDU-Politik ist oder eine sozialliberale Politik, auf jeden Fall nur – würden junge Linke sagen – Ausdruck des kapitalistischen Systems und nichts anderes. Da das kapitalistische System auf der Basis Wachstum sich etabliert hat, kann die Politik gezwungen werden, auf kurze Zeit partiell von ihren unmittelbaren Zielsetzungen herunterzukommen und kleine Umwege zu machen. Aber sie kann nicht dazu gebracht werden, etwas zu tun, das diesen ja – wie Sie sehr drastisch ausgeführt haben – fragwürdigen Grundwunsch, dieser fragwürdigen Grundregel des Wachstums zuwiderläuft. Ich denke, das ist doch eine ungeheuer hoffnungslose Perspektive.

*Böll:* Ja. Ich weiß aber nicht, ob man das auf Kapitalismus allein beziehen kann. Da habe ich Zweifel. Auch die Krisen in den sozialistischen Staaten sind Wachstumskrisen. Es sind Konsumkrisen. Es sind Krisen, wie wir sie aus der kapitalistischen Welt kennen. Was in Polen passiert und zum Teil in der DDR und auch in der Sowjetunion, ist eigentlich vergleichbar mit den kapitalistischen Krisen. Und auch, was diese Länder – abgesehen von China, das hat offenbar doch eine ganz andere Annäherung an Dritte-Welt-Länder entwickelt und auch eine andere innere Einstellung –, was die in der Dritten Welt so tun und zum Teil anrichten, ist ja auch nicht sehr hoffnungsvoll, auch nicht sehr konsequent. Sie sind sich im Grunde einig, fürchte ich, die beiden großen Blöcke, sie sind sich einig, und es geht eben nicht mehr um Mensch und Menschwerdung, sondern um Machterhaltung. Und da sehe ich überhaupt keine Unterschiede. Wenn eine CDU und CSU, wie wir sie aus dem Wahlkampf kennen, an die Regierung gekommen wäre, wäre die Angst ja noch heftiger propagiert worden. Die haben ja Angstparolen ausgegeben. Und das halte ich für die schlimmstmögliche Demagogie, während man nicht sagen kann, daß die sozialliberale Koalition Angst verbreitet, sondern sie hat ja einiges getan, um sie zu mildern durch ihre Gesetzgebung.

*Vormweg:* Sie kämpft ja wohl auch an vielen Stellen gegen diese Grundregel Wachstum durchaus an, meine ich. Aber meine Beobachtung ist doch, daß überall dort, wo man hier wirklich mal zur Sache kommt, sofort sämtliche Alarmsignale schrillen. Ich denke an die verschiedenen Beispiele – es sind sehr wenige –, wo Gewerkschaften versucht haben, ihre Tarifverhandlungen ein wenig von dem ja zum Teil ganz sicherlich fiktiven Leistungsdenken abzusetzen und zum Beispiel den niedrigeren Einkommensstufen, wo unmittelbare Not näher lag und liegt, mehr zu verschaffen als den höheren. Es wäre ja durchaus sinnvoll, sich vorzunehmen, von der Prozentrechnung auf diesem Feld abzukommen und eine andere, menschlichere Methode beim Verteilen zu finden. Es gibt da schon einzelne Versuche. Aber ich habe doch den Eindruck gehabt in den letzten zehn Jahren, als von links sehr stark der Ruf kam, die Massen sollten ihre eigenen Interessen entdecken und behaupten, daß das ohne weiteres eingegangen ist in landläufigen Wachstumsegoismus. Daß also dieses System, das von der Wachstumsvorstellung ausgeht, dies ohne weiteres geschluckt hat, daß es ihm sogar stellenweise zugute gekommen ist, denn das hat die Leute vom Begriff Eigeninteresse her stärker noch an es gebunden.

*Böll:* Global gesehen, sind diese Probleme nicht parteipolitisch gebunden. Es könnte ja sein, daß die sogenannten christlichen Parteien sich besinnen auf das, was sie eigentlich einmal im Sinn gehabt haben. Es sieht nicht so aus, im Gegenteil, gerade das ist ja das Perverse und auch wahrscheinlich das, was die meisten Jugendlichen abschreckt, diese totale Heuchelei gegenüber dieser Welt und der absolute Widerspruch, den sie verkörpern. Es ist ja nicht nur der Kompromiß, der abschreckt, sondern der absolute Widerspruch der geistigen Forderungen, der religiösen Vorstellungen zu dem, was man ruhig die gesellschaftliche Wirklichkeit dieser Kirchen nennen kann. Sie können ja das, was im Alten und Neuen Testament steht, noch lesen, es sind wunderbare Texte darunter, aber die sind verschüttet durch die Widersprüchlichkeit und Heuchelei und auch eine hochgeputschte Dialektik der Kirchen in ihrer Theologie, wo sie also praktisch wie in einem Bilderrätsel, in dem ein Riesenbaum dargestellt ist, den kleinen Affen suchen müssen, der da irgendwo versteckt ist. Ich drücke es bildlich aus. Die Kirchen sind ja zudem Interessenvertreter, auch statistisch mit Zahlen und Ziffern und Mitgliedern und Nichtmitgliedern operierend. Bei all dem sehe ich gar keine andere Möglichkeit als die vielen, vielen zum Teil sehr vagen Vorstellungen von Sozialismus, die sich in den Köpfen nachdenklicher Menschen entwickeln und weiter entwickeln werden.

*Vormweg:* Mir kommen immer wieder diese denkbaren Mechanismen in den Kopf, die darauf zielen könnten, die Einstellung der Menschen zu verändern, diesem Parameter, den jeder in seinem eigenen Rückgrat, mit seinem eigenen Rückgrat in sich herumträgt, ein anderes Maß nahezubringen. Das wäre ja doch ein wünschenswertes Ziel, nicht nur auf einzelne Gruppen bezogen. Das weist über die einzelnen Leben hinaus, mit dem Versuch, die Gesellschaft dort, wo es sich in die Breite vermitteln kann, wo es sich auswirkt, wo es etwas für alle ändert, zu erreichen. Ich meine, daß doch alle institutionellen Kräfte, die die Menschlichkeit für sich reserviert haben, das nach und nach erkennen und hier einspringen müßten.

*Böll:* Ja, das wäre vielleicht möglich mit der Technik der Verschwörung, wollen wir sagen, ja, oder der Verschworenheit. Ich denke mir, daß in sehr vielen und sehr unterschiedlichen gesellschaftlichen Gruppen, von Unternehmern bis Kirchen und Jusos und wie sie alle heißen, manche zu gleichen Erkenntnissen kommen, daß aber der eingespielte Mechanismus des öffentlichen und privaten Reflexes, wie man auf Unternehmer, wie man auf Jusos, wie man auf Kirche und so weiter zu reagieren hat, vieles verhindert, mögliche Verbündung, Verschwörung. Gegebene Feindschaften als solche zu erhalten, ist ja auch eine Komponente der Wachstumsideologie. Wenn es möglich wäre, diese wirklich ja schon automatischen Reflexe zu überwinden, auch die sozusagen von der Gesellschaft auferlegte Animosität zu überwinden, von der wir alle befallen sind in verschiedenen Schichten und intellektuellen Annäherungen, dann wäre vielleicht doch etwas zu machen. Deshalb kommt mir wieder die Idee – annäherungsweise – des Ordens, der Verschwörung, der Verschworenheit, die ja keine gesellschaftliche Grenze kennt. Es gab ja da Verbündete, und es gibt sie immer wieder, aus allen Schichten. Das wäre eine Möglichkeit. Das klingt sehr romantisch, aber ich halte es nicht für so hoffnungslos unverwirklichbar, daß die Menschen wirklich lernen, daß ihr materielles Interesse nicht unbedingt ihr Interesse ist.

*Vormweg:* Um da weiterzukommen, braucht es noch sehr viel Arbeit.

# Solschenizyn und der Westen
Mai 1977

*Vormweg:* Solschenizyn ist demnächst drei Jahre im Westen. In dieser Zeit hat sich das Bild von ihm, haben sich seine Rolle und seine Bedeutung verändert. Er ist seither umstritten. Könnte man sagen, daß vom allseits gerühmten Epiker heute nur noch der forcierte Antikommunist übriggeblieben ist? Mehr oder weniger im Gewand eines rückwärts gerichteten Propheten?

*Böll:* Ich glaube, das wäre ungerecht. Ich glaube auch nicht, daß die Reduzierung auf forcierter Antikommunist zutrifft. Die Schwierigkeit von Solschenizyns Position und die mögliche Umstrittenheit – und ich habe einiges einzuwenden gegen das, was er sagt, ich habe das auch publiziert – kommen, glaube ich, daher, daß er *hier* zum Vehikel für bestimmte Interessen wird. Das war er auch, als er in der Sowjetunion war. Aber da war er noch *dort*. Und von *dort* aus zu sprechen hatte eine ganz andere Tonlage, eine ganz andere Bedeutung – auch eine persönlich schicksalhafte – als von *hier* aus. Was mich beunruhigt – nichts an ihm persönlich, vielleicht nur Details seiner Äußerungen –, ist die Schwierigkeit, die jeder Autor hat, der sich überhaupt zu geschichtlich-politischen Dingen äußert, nicht in die falsche Interessensphäre zu geraten. Was ich nämlich überhaupt nicht begreife, ist, wie irgend jemand, der – sagen wir grob – das kapitalistische System rechtfertigt, sich auf Solschenizyn berufen kann. Wenn Sie alle seine Äußerungen analysieren, was er früher geschrieben hat, was er jetzt geschrieben, was er gesagt hat, dann entdecken Sie eine asketische Grundhaltung. Ich meine asketisch jetzt gegenüber dem materialistischen Lebenskampf im Westen. Und wenn man diesen asketischen Grundzustand, diese asketische Grundeinstellung wirklich ernst nähme als

27

Politiker hier, dann müßte man, will man sich auf Solschenizyn berufen, zunächst einmal unser Wirtschaftssystem ändern, das fast antiasketisch ist. Weil es uns zum Konsum verführt, immer weiter verführt, weil der Konsum und der weiter gesteigerte Konsum und der Verschleiß im Grunde genommen eines der Prinzipien unseres Wirtschaftssystems ist. Reiner Markt-Materialismus. Wenn das beseitigt würde, würde unsere Wirtschaft zusammenbrechen. Deshalb begreife ich nicht, daß es hier überhaupt Politiker gibt, rechts oder in der Mitte, die sich auf Alexander Solschenizyn berufen. Ich glaube, daß Solschenizyn antimaterialistisch ist; wobei gesagt werden muß, daß der sogenannte Materialismus des Marxismus ja idealistischen Ursprungs ist. Hier spricht Solschenizyn ganz eindeutig. Zum Beispiel – auch in seinen Reden in Amerika – von der Profitgier des Westens, die die geistige Auseinandersetzung mit dem Kommunismus unmöglich mache.

*Vormweg:* Andererseits hat Solschenizyn sich aber ja doch mit Meany getroffen. Er hat in den USA, in England, in Spanien Irritierendes geredet. Mag sein, daß er diesen Markt-Materialismus sehr wohl sieht und daß dieser ihm ganz zu Recht nicht gefällt. Ich glaube aber, daß er die Kräfte, die innerhalb der Gesellschaften sich messen, nicht unterscheidet. Daß er nicht unterscheiden kann, welche Bedeutung es hat, in Westeuropa ein Rechter oder ein Linker zu sein. Ich habe irgendwo gelesen, daß er Westeuropa schon ganz abgeschrieben hat, weil es schon viel zu weit einerseits in die Dekadenz und andererseits in den Sozialismus abgesackt sei. Wenn ich gesagt habe: Antikommunist – und das bezieht in gewissem Sinn auch etwas ein, das man schon Anti-Sozialismus nennen kann –, dann meine ich damit nicht, daß Solschenizyn eine bürgerlich-kapitalistische Gesellschaft propagieren möchte. Ich fürchte nur, daß seine insgeheime Alternative, wenn man sie in gesellschaftliche Ordnung zu übertragen versucht, etwas nach meinen Geschichtskenntnissen Schlimmeres darstellt, nämlich eine Art religiösen und nationalen Feudalismus.

*Böll:* Ich kann das nicht entdecken. Auch in seinen Reden nicht. Ich habe sie wirklich genau gelesen, ich habe auch darüber geschrieben. Sehr ausführlich. Ich kann das nicht entdecken. Wenn man über sowjetische Intellektuelle, Schriftsteller, sagen wir: Dissidenten spricht, muß man eines wissen: daß für sie, für die meisten von ihnen, alles westlich Linke zunächst verdächtig ist. Und das trifft nicht nur auf Solschenizyn zu, sondern auch auf Leute, die ganz anderer Meinung sind. Um da zu differenzieren, müßten sie alle lernen. Denn die sogenannten Linken hier sind ja im Verhältnis zur Vermarktung aller Dinge eigentlich die Nicht-Materialisten. Wenn Sie die Jusos nehmen, deren Haltung gegenüber der Marktwirtschaft – ich meine jetzt nicht Marktwirtschaft im Sinne von Wirtschaftspolitik, sondern Wirtschaft, wo es nur noch Markt gibt: da treffen sich Solschenizyn und die Jusos fast.

*Vormweg:* Aber gerade das hat Solschenizyn ja doch bisher offensichtlich nicht erkannt.

*Böll:* Das ist ein schwieriger Prozeß. Zunächst einmal – das habe ich bei vielen sowjetischen Intellektuellen, die Systemgegner und Systemkritiker sind, festgestellt – kommt der Reflex links gleich wahnsinnig. Und das hat seine Gründe. Die muß man verstehen, das muß man respektieren. Immerhin hat sich die westliche Linke etwa während der fünfziger Jahre in ihrer extremen Artikulation doch sehr, sehr naiv gegenüber der Sowjetunion verhalten.

*Vormweg:* In ihrer Einschätzung der Sowjetunion?

*Böll:* In ihrer Einschätzung der Sowjetunion, in ihrer Hoffnung, in ihrer Verleugnung bestimmter Dinge. Wenn Sie sich zurückversetzen: Sie sitzen im Lager, oder sie sind frei in Moskau als nachdenklicher Mensch und schauen sich so an, was 1954, 1955, 1956, sagen wir: bis zum Ungarnaufstand, als eine gewisse Nachdenklichkeit aufkam, was da alles an törichten Äußerungen und Hoffnungen gegenüber der Sowjetunion üblich war, dann muß man zunächst diesen antilinken Reflex verstehen. Den finden Sie bei fast allen Emigranten. Hinzu kommen die automatisch antireligiösen Reflexe der westeuropäischen Linken, sagen wir: eine automatisch atheistische Haltung, die aus dem 19. Jahrhundert stammt und alle eigentlich religiösen Versuche, die Welt zu verändern, vielleicht auch zum Sozialismus oder zur Nicht-Marktwirtschaft hin, bis vor wenigen Jahren lächerlich gemacht hat. Ich sehe da leider gegenseitige Reflexe am Werk, die noch nicht überprüft sind, die noch nicht zum Gespräch geführt haben, zum Dialog. Während in der Sowjetunion – sagen wir: ab Anfang der fünfziger Jahre – neue religiöse Bewegungen entstanden, gab es hier immer noch den alten laizistisch-rationalistischen Affekt.

*Vormweg:* Aber gerade in dieser Zeit haben die Kirchen etwa in der Bundesrepublik ihre ganze Macht zurückgewonnen. Das habe ich zum großen Teil bei Ihnen gelernt. Außerdem: 1950 war ich 22 Jahre, und ich kann mich erinnern, daß der Anti-Kommunismus Anfang der fünfziger Jahre – jetzt in einer etwas jüngeren Gruppe von Menschen – fast etwas Selbstverständliches war, weil alle Welt doch im beginnenden Kalten Krieg ganz genau zu wissen glaubte, daß Kommunismus einfach eine Art Nazismus mit anderen Vorzeichen sei. Ich habe mir das dann erst viel später anders, nach meiner Meinung zutreffender zurechtgelegt, und deshalb überrascht mich ihre Erläuterung gerade der fünfziger Jahre.

*Böll:* Ich meine nicht kirchlich. Ich meine religiös. Die Kirchen äußern sich ja auch nicht gegen die Vermarktung, weil sie am Umsatz des Marktes materiell beteiligt sind. Die Neuermächtigung der Kirchen, die Sie eben nennen, ist eine ganz andere Sache, eine rein administrativ-taktische.

*Vormweg:* Aber die macht doch Gesellschaft.

*Böll:* Die hat Gesellschaft gemacht. Macht sie vielleicht auch heute noch. Aber was es innerhalb des Katholizismus und des Protestantismus an religiösen Äußerungen literarischer, politischer Art gegeben hat, ist eigentlich von der klassisch-atheistisch-aufklärerisch-laizistischen westlichen Intelligenzia nicht akzeptiert worden. Es war bis zuletzt, fast bis heute noch ein Makel, sozusagen ein bißchen als religiöser Schriftsteller oder Intellektueller zu gelten. Ich habe es selber gespürt, ich war ja eigentlich immer zwischen diesen Lagern. Insofern sehe ich bis jetzt immer noch nur Reflexe, noch keine Reflexion. Auch bei Solschenizyn. Diese Reflexe auf die Linken, auf die Sowieso und die Sowieso ... Und entsprechende Reflexe bei der Linken auch auf Solschenizyn. Das ist mir zu reflexhaft.

*Vormweg:* Bleibt die Frage, was zuletzt hinter Alexander Solschenizyns Vorstellungen steht, die seine Kritik motivieren, ob das nicht tatsächlich eine Art religiös gebundener und nationaler Feudalismus ist.

*Böll:* Sie meinen, wenn man alle seine Äußerungen akzeptiert und überlegt, was als seine Vorstellung herauskommt? Das ist eine ganz andere Frage.

*Vormweg:* Und ich meine gesellschaftlich. In den Wahlkämpfen entleert sich das zu Schlagworten, aber es geht ja, wenn es um gesellschaftliche Konsequenzen geht, immer um Verallgemeinerungen. Wie auch das religiöse Gefühl verallgemeinert worden ist zu einer Machtstruktur und historisch benutzt und mißbraucht worden ist. Und deshalb meine ich: Bei einer Person wie Solschenizyn, die eine weltweite Wirkung hat und sie auch haben will, die eine gewisse Rolle übernimmt, – da muß man wohl doch fragen, was passiert, wenn seine Worte Folgen haben. Auch er selbst muß sich dies fragen. Hat er sich etwas dabei vorgestellt?

*Böll:* Ich habe das bis jetzt nicht entdeckt. Ich habe bis jetzt bei ihm keine Zukunftsvorstellungen entdeckt.

*Vormweg:* Aber ist Kritik seiner Art dann nicht etwas fahrlässig?

*Böll:* Nein, das finde ich nicht. Grundsätzlich nicht. Es kommt darauf an, welche Position man hat und wie man sich innerhalb dieser Position äußert. Die Verantwortlichkeit ist eine andere Frage. Bloß ob der Schluß, den man aus seinen Äußerungen zieht, wirklich zulässig und gerecht ist, daran zweifle ich. Es ist legitim, daß ein Schriftsteller oder Philosoph kritisiert und doch keine fertige Konzeption bietet. Ich finde sogar: richtig, denn eine angebotene Lösung würde sehr schnell verflachen.

*Vormweg:* Den Einwand akzeptiere ich.

*Böll:* Das ist legitim. Insofern finde ich auch seine Kritik an unserer Dekadenz noch durchaus zulässig. Nur ist Westeuropa eigentlich immer dekadent gewesen. Ich habe gar nichts gegen den Vorwurf der Dekadenz, nur müßte man sich überlegen, wieviel Kraft und Erneuerungsmöglichkeit aus dieser Dekadenz immer wieder entstanden ist. Ich denke oft, wenn ich das Wort dekadent höre, an die Propaganda der Nazis gegen die Franzosen und gegen die Engländer, also: dieses verruchte Albion, diese verkommenen Franzosen. Das war ein ganz gewaltiger Irrtum. Das Wort Dekadenz ist sehr ambivalent. Besonders im Zusammenhang mit Westeuropa, das schreckliche Dekadenzen hinter sich gebracht und überwunden hat. Aber – das möchte ich zu bedenken geben – Sie wissen als Autor und auch als Kritiker, daß Schriftsteller permanent in der Krise sind. Der Zustand der Kunst ist die permanente Krise. Eine Banalität. Aber man kann natürlich in so einer Krise hängenbleiben. Es könnte sein, daß die tradierte westeuropäische Dekadenz mal nicht mehr überwunden wird. Wenn es gegen den Markt-Materialismus keine Gegenkraft gibt, ganz gleich welcher Art, eine religiöse, eine politische, eine nicht-ideologische meinetwegen, dann werden wir auf unseren Märkten nicht nur uns selbst noch verkaufen, sondern auch unsere Enkel. Dieses Marktdenken – Solschenizyn nennt es nicht so, aber ich vermute, daß er diesen Materialismus meint, wenn er von Dekadenz spricht und auch von Genußsucht und so weiter –, das kann natürlich wirklich mal in sich hängenbleiben, auch wenn dieses Westeuropa sich immer wieder zunächst geistig erneuert hat und in geistigen Auseinandersetzungen seine Dekadenz überwunden hat. Also nehmen wir die Reformation als solche ...

*Vormweg:* Kann man aber heute, vor allem nach den Informationen, die man etwa von Marx bekommen hat, die Sache noch so ideengeschichtlich sehen? Etwa Dekadenz. Von Dekadenz könnte man nur sprechen in bezug auf eine bestimmte Klasse in Westeuropa, und zwar jene Klasse, die den Konsum im Grunde schon wieder hinter sich gelassen hat und nur noch Luxuskonsum betreibt. Ich habe mich eigentlich immer geärgert über die Kritik an der Konsumwut kleiner Leute. Das ist eine unberechtigte Kritik.

*Böll:* Das ist Snobismus und elitär. Dieses berühmt-berüchtigte – da waren Sie noch zu jung, um das mitgekriegt zu haben – Argumentieren etwa gegen so etwas Nützliches wie einen Eisschrank. Das fand ich immer idiotisch. Darüber brauchen wir uns nicht zu streiten.

*Vormweg:* Meine Erfahrung ist die, daß die Menschen erst anfangen, differenzierter zu empfinden und zu reflektieren, wenn die Fixiertheit darauf, ihre unmittelbarsten Bedürfnisse zu befriedigen, überwunden ist. Wenn also eine gewisse Sättigung eingetreten ist. Man kann doch zur Selbständigkeit überhaupt nur kommen, gesellschaftlich auch, wenn der Konsum einen nicht mehr in Atem hält. Weshalb ist der Konsum denn so interessant für viele Leute? Weil sie nicht uneingeschränkt konsumieren können.

*Böll:* Das gebe ich alles zu. Diese Vorurteile habe ich nie geteilt. Ich bin froh, daß die Leute ein Dach über dem Kopf haben, daß sie ein schönes Bett haben, sich anständig oder nett anziehen können. Kein Problem. Aber wann fängt das andere an? Wann ist der Zustand erreicht, wo sie merken: Konsum ist kein Problem, die elementaren Dinge sind wirklich befriedigt, und jetzt fangen wir an, darüber hinaus zu leben. Wann kommt dieser Zustand?

*Vormweg:* An der Schwelle ist man hier in der Bundesrepublik immer mal wieder angelangt. Man ist geradezu vor ihr zurückgeschreckt. Und das ist etwas, was mich zum Beispiel bei den Jusos sehr überzeugt, daß sie versuchen, da Hilfen zu geben, gesellschaftliche Ansätze zu finden, wie man die ungeheure Ratlosigkeit überwindet, sobald diese Schwelle in die Nähe kommt. Etwa die Sättigung des Automarktes. Diese Hilflosigkeit, wenn man genug hat, ist erschreckend. Da ist Kritik dringend nötig. Was Solschenizyn in bezug auf die Dekadenz des Westens sagt, bezieht sich jedoch auf ideengeschichtliche Vorurteile und nicht auf konkrete materielle Prozesse, und zwar ohne Rücksicht auf die Verkettungen. Es ähnelt der rechten Kulturkritik von ehedem. Mißachtet völlig, daß laut dem historischen Materialismus zum Beispiel auch Luther jemand war, der eine brauchbare Ideologie gab für die allerersten Industrialisierungsansätze.

*Böll:* Ja, das kann man so interpretieren.

*Vormweg:* Wahrscheinlich haben die Emigranten das zuvor in der Sowjetunion so oft gehört, daß sie es für völlig unglaubwürdig halten, die Dinge einigermaßen dialektisch anzusehen.

*Böll:* Natürlich, auch das muß man wissen. Erstens das, was ich eben gesagt habe, über die Reflexe auf alles, was links ist. Dann die ständigen Analysen und Erkenntnisse des historischen Materialismus, die ständigen Versprechungen, die nie eingetroffen sind. 50 Jahre, fast 60 Jahre ist eine lange Zeit, sind fast drei Generationen. Ich glaube, daß man das immer mit voraussetzen muß, wenn man irgendeine Äußerung irgendeines Emigranten ärgerlich findet. Und auch immer voraussetzen muß, welche Erfahrungen sie mit Äußerungen westlicher Intellektueller über die Sowjetunion in einer Zeit gemacht haben, wo wirklich der Archipel GULAG existierte. Diese Blindheit, manchmal Torheit, mit der man Hoffnungen erwecken wollte oder auch Hoffnungen in sich selber erweckte, darf man nicht vergessen. Aber ich glaube, daß man, was Sie ideengeschichtlich nennen, nicht trennen kann von der Konfrontation der Emigranten mit dem Markt-Materialismus. Ich vermute, daß die Emigranten das als Einheit sehen. Dieses Vermarkten sämtlicher Dinge: der Sexualität, des Unterleibs der Frau, des Oberleibs der Frau und so weiter, das ist ja alles Markt. Welche Idee steckt dahinter? Doch nicht die Idee, den seit Jahrhunderten depravierten größeren Teil der Menschheit mit dem Elementaren zu versorgen, sondern ein ständiger Verschleiß, eine ständige Preisgabe, sagen wir ruhig: auch von Werten. Und auch eine Preisgabe von Schönheit und Freude.

Diese Lustlosigkeit, mit der die Sexualität verkauft wird, ist ja auch eine Depravierung bei gleichzeitigem Wohlstand. Wo kommen also die Ideen her, die wir erwarten, oder sagen wir: die geistige Erneuerung, wo ist die sichtbar? Die sehen sie nicht.

*Vormweg:* Es gibt doch, wie Sie selbst eben gesagt haben, Ansätze gerade bei der Linken, etwa bei den Jungsozialisten.

*Böll:* Bei einem Teil.

*Vormweg:* Die KPI ist ja doch nahezu gar nicht korrupt, während die Christdemokraten in Italien es offenbar in hohem Grade sind. In Portugal war – ich kenne das Land ganz gut – das alte Regime wirklich das Entsetzlichste, verkalkter Faschismus schlimmster Art. Und was sagt Solschenizyn dazu? Er warnt, Portugal werde demnächst russisch und so weiter. Solschenizyn neigt dazu, in Europa genau die Kräfte zu ignorieren oder als moskauhörig zu attackieren, die versuchen, die Schwelle, über die man eigentlich noch nie hinübergekommen ist, auszumachen. Zum Beispiel andere Bildungsvorstellungen zu entwickeln . . .

*Böll:* Da wäre der neue geistige Wert, so etwas wie Solidarität. Das wäre ja ein neuer Wert und ein neuer Begriff, wobei man ihn befreien muß von ideologischen Besetzungen. Es ist in der Tat töricht, nicht zu sehen, welche Chance etwa Portugal 500 Jahre lang in Moçambique und Angola gehabt hat, Werte zu schaffen, Menschen zu erziehen, sie zu Christen zu machen, ihnen Lesen beizubringen, was ja keinem schadet. Man sieht immer nur das Endstadium, also Ohnmacht der Kolonialmacht, völliger Zusammenbruch, Korruptheit und vertane Chance, und sieht dann den Sozialismus als drohende Gefahr. Bedenkt aber nicht, daß dieser möglicherweise – ich glaube gar nicht, daß Angola kommunistisch ist – für die Menschen trotz der Sowjetunion, trotz Archipel GULAG, trotz der Schrecken des Stalinismus die letzte Hoffnung sein könnte, aus der wieder etwas Geistiges und sogar Religiöses kommen könnte. Man sieht in Italien: 33 oder 34 Prozent Kommunisten. Um Gottes willen! Wie es dazu gekommen ist, wie die letzten 30 Jahre italienischer Politik und Geschichte verlaufen sind, das wird dann ignoriert. Dasselbe trifft auf Chile zu, es trifft auf Portugal zu, sie können das Argument eigentlich beliebig vermehren. Und da sehe ich wirklich eine Art Blindheit, wenn man sich nicht überlegt, wie es dazu gekommen ist. Und ich finde es nicht gut und fast peinlich, Francos Spaniern zu sagen, wie frei sie sind. Es besteht eine große Gefahr bei Solschenizyn und auch bei allen anderen Emigranten, daß sie immer alles auf der Welt vergleichen mit der Sowjetunion. Natürlich ist Spanien freier als die Sowjetunion, da bin ich sicher, aber ich möchte es doch gern den Spaniern selber überlassen, festzustellen, wie frei sie sind, wie frei sie waren und wie frei sie gern sein möchten. Und das geistige und republikanische Potential Spaniens ist sehr groß. Ich sehe mich nicht dazu veranlaßt, mich da einzumischen, wenn mich nicht Kollegen fragen: Was denkst du darüber? Das sind so Torheiten ... Man kann alles in der Welt – jeden Schrecken – relativieren, wenn man mit der Sowjetunion vergleicht, mit dem, was da passiert ist, nicht heute, sondern in der von Alexander Solschenizyn beschriebenen Zeit ...

*Vormweg:* Auch die Schrecken in Deutschland, kann man die auch so relativieren?

*Böll:* Nein, nein. Ich meine jetzt die Gegenwart. Ich habe vorige Tage in der Zeitung gelesen, daß in Chile eine Million Kinder vom Hungertod bedroht sind, und man kann als Sowjet-Emigrant natürlich sagen, bei uns sind 50 Millionen umgebracht worden, was ist das schon. Da kommt also ein Unmenschlichkeitsreflex aus der Sowjetunion zu uns, den wir nicht akzeptieren können. Sie können genausogut sagen, was macht ihr für ein Geschrei mit eurem Radikalenerlaß? Da habt ihr mal 500 Lehrer weniger, und da sind auch sogar Kommunisten und Terroristen darunter, aber daß das den Charakter einer ansteckenden Krankheit hat, ein Symptom ist – und ich vergleiche es wirklich nur noch mit ansteckender Krankheit, die sich sehr schnell verbreitet –, das muß man dazusehen, und diese Gefahr der Relativierung von Unfreiheit in der Welt gegenüber der Sowjetunion halte ich für die schlimmste in der Haltung der sowjetischen Emigranten.

*Vormweg:* Wobei man ja, wenn man die verschiedenen Unterlagen der Friedensforschungsinstitute und Organisationen liest, die sich mit der Dritten Welt beschäftigen, mit ihrem unter bürgerlich-kapitalistischen Einfluß stehenden Teil, bei den nicht durch unmittelbare, sondern durch mittelbare Gewalt ums Leben Gebrachten auf Zahlen kommt ...

*Böll:* Auch Vietnam. Wie es dazu gekommen ist, zu einem kommunistischen Vietnam nach 30 Jahren Kolonialkrieg, da wird gar nicht mehr darüber gesprochen. Ich sage das jetzt im Vergleich zu Angola, Portugal, Italien und so weiter.

*Vormweg:* Ich habe ja nie in der DDR oder in der Sowjetunion gelebt, aber seitdem ich angefangen habe, vor etwa 15 Jahren, mich etwas näher mit der Geschichte des Sozialismus und des Kommunismus zu beschäftigen, habe ich bei weitgehender Kenntnis vor allem der früheren Zustände in der Sowjetunion und so weiter eigentlich immer die Vorstellung gehabt, daß trotz der schlimmen Fehlentwicklungen, die ja oft mehr auf Zarismus schließen lassen als auf Kommunismus, der übliche Umgang mit den Worten Kommunismus und Sozialismus bei uns auf eine besondere Weise problematisch ist. Sozialistische und kommunistische Entwicklung ist von Marx und Engels ja vorgestellt worden als eine Weiterentwicklung, nachdem die kapitalistische Ordnung bewiesen hat – und da sind inzwischen die Indizien zahlreich –, daß sie die Menschheit nicht mehr weiterbringt. Deshalb ist für mich die Vorstellung Sozialismus/Kommunismus doch mehr und mehr – allerdings vom hiesigen Standpunkt aus – mit einer Hoffnung besetzt, und ich finde es immer sehr problematisch, wenn man den Kommunismus einfach definiert als das, was in der Sowjetunion vorgeht.

*Böll:* Ich glaube, daß man das alles ganz neu definieren muß: Sozialismus, Kommunismus.

*Vormweg:* Ich frage mich nun, ob Solschenizyn überhaupt noch einen Blick hat für die Analyse der Weltverhältnisse, die

Marx gegeben hat, und seine Konzeption, die ja nicht irgendwelche KZ und den Archipel GULAG hervorbringen wollte, sondern darauf ausgerichtet war, Menschen zu helfen, die in beträchtlicher Zahl ja gerade unter solchen lagerähnlichen Umweltbedingungen lebten. Die Arbeiterklasse in England zum Beispiel. Die Konzeption war ja doch, mehr Freiheit speziell für die Unterdrücktesten der Unterdrückten herauszuschinden und eine Analyse der Weltverhältnisse zu geben, die das in Aussicht stellt. Marx argumentierte für die konkret Unterdrückten und nicht zum Zweck der Unterdrückung. Sein Werk enthält weiterhin Zukunftsaspekte. Glauben Sie, daß Solschenizyn überhaupt noch unterscheiden kann zwischen diesem ganzen Komplex, der natürlich voraussetzt, daß er irgendwann einmal Marx gelesen hat, unvoreingenommen gelesen hat, und dem, was er persönlich in der Sowjetunion erlebt hat? Hat er eine Vorstellung von den ungeheuren Kosten der früheren feudalen religiös-nationalen Gesellschaften, was da alles so passiert ist an Unterdrückung, wie voll die Gefängnisse waren? Weiß er, was alles notwendig war, um die Hierarchien zu halten? Eine andere Ordnungsvorstellung als eine hierarchische kann ich bei Solschenizyn eigentlich, wenn ich die Anklänge so verallgemeinere aufs Gesellschaftliche hin, und er tut es ja selbst, nicht entdecken.

*Böll:* Ich habe bei ihm, wie gesagt, noch keine Gesellschaftskonzeption entdeckt. Gott sei Dank. Andeutungen über Zarismus, verglichen mit dem Kommunismus in der Sowjetunion im 20. Jahrhundert gibt's reichlich, und ich finde sie alle überzeugend. Denn die Sowjetunion ist ein rein feudalistischer Staat, in dem Unterdrückung unter anderem Vorzeichen stattgefunden hat, und Sie dürfen nicht vergessen, daß Solschenizyn fast so alt ist wie die Sowjetunion. Also sein ganzes Leben hat sich abgespielt unter den Versprechungen, die Marx gemacht hat, unter der Utopie von Marx, permanent konfrontiert mit einer Wirklichkeit, die dem total widersprach. Ich glaube, Sie können es nur vergleichen, wenn Sie sich vorstellen, daß ein Mönch im 16. Jahrhundert, als Luther auftauchte, also überhaupt erst Zweifel an der totalen Hierarchie der Kirche aufkamen, daß es diesem plötzlich wie Schuppen von den Augen fiel, und er dachte, der Mönch, also mit Christentum hat das ja überhaupt nichts zu tun, was wir bisher gemacht haben. Dabei muß man, glaube ich, die Dauer nicht technisch-zeitlich sehen. 60 Jahre sind eine Ewigkeit, ein ganzes Menschenleben fast. Sie leben also in einem System, das permanent die neue Welt, die neue Gesellschaft, die neue Brüderlichkeit propagiert und permanent den eigenen Zielen zuwiderhandelt. Ein paar Jahre Krieg ausgenommen, in denen die Notwendigkeit, die Nazis und die Deutschen aus der Sowjetunion zu vertreiben, wahrscheinlich einiges ausgeglichen hat. Aber sobald der Krieg vorüber war, setzte der Terror in verstärktem Maße wieder ein, sogar gegen die, die für die Sowjetunion gekämpft, gelitten hatten und in Gefangenschaft waren. Ein ganz schreckliches Moment im Archipel GULAG ist ja die Rückkehr der Gefangenen und deren Behandlung. Ich glaube nicht, daß man von einem Menschen erwarten kann, daß er, sein ganzes Leben vom Tage seiner Geburt bis zu seiner Ausweisung mit dieser pfäffischen Heuchelei konfrontiert, noch Hoffnung zieht aus dem, was Marx versprochen hat, was er gesagt hat, was er analysiert hat. Das können Sie nicht. Vergleichen Sie es – ich will jetzt nicht die Schriften von Marx, die ich auch nicht so gut kenne, mit dem neuen Testament vergleichen –, aber vergleichen Sie es mit jemandem, der gläubig-naiv im besten Sinne christlich aufgewachsen, erzogen worden ist und plötzlich sieht, daß das alles nur als Vorwand mißbraucht worden ist, um Herrschaft, Unterdrückung und Ausbeutung zu rechtfertigen, dann können Sie, glaube ich, die Haltung der sowjetischen Emigranten besser verstehen. Es ist sehr schwer, fast unmöglich, dann noch das von Marx versprochene, von Engels und anderen möglicherweise ehrlich konzipierte utopische Zusammenleben der Menschen in dieser Form oder aus dieser Quelle ernst zu nehmen. Wenn Sie permanent mit diesem Zynismus eines feudalistischen Prälatenstaates – für mich ist die Sowjetunion sehr klerikal – konfrontiert gewesen sind. Und natürlich auch noch das Opfer sind.

*Vormweg:* Dann läuft unser Gespräch im Grunde darauf hinaus, die Position Solschenizyns und vieler seiner Kollegen sehr stark zu relativieren und das Gewicht vieler Aussagen doch sehr in Frage zu stellen. Zu dem, was Sie jetzt geschildert haben, kommt ja dann noch das andere Moment hinzu – wir haben bei anderer Gelegenheit darüber gesprochen –, daß die Struktur, in der sie gelebt haben, mit ihnen weiterlebt, daß sie also ein anderes Zusammenleben als das, in dem sie fast ihr ganzes Leben verbracht haben, im Grunde in seinem vollen Ausmaß nicht realisieren können. Könnte man sagen, wenn Solschenizyn von sich aus eine Vorstellung von Gesellschaft entwickeln würde, so wäre das wiederum eine quasi-feudale Vorstellung? Weil er in einer solchen Umwelt und mit solchen Vorstellungen immer gelebt hat, sich zwar gegen sie erhoben hat, aber gleichzeitig von ihnen abhängig blieb?

*Böll:* Natürlich. Die Beurteilung dieser Situation müßte eigentlich eine sehr, sehr lange Unterhaltung über die Vorstellungen von Sowjetbürgern über Demokratie voraussetzen. Das ist ja bei uns auch nicht so stark, wir wollen uns da nicht zuviel einbilden, aber das wäre ein Ewigkeitsgespräch. Für einen Bürger der Sowjetunion ist selbst eine Teildemokratie unvorstellbar. Ich erlebe seltsame Dinge bei sehr guten Freunden, die, sagen wir, mir etwas schicken oder einen Brief schreiben und sagen: Du mußt dafür sorgen, daß das da und da publiziert wird, und zwar das da und das da. Sie sind einfach gewöhnt, daß ein prominenter Schriftsteller, gar noch Nobelpreisträger, nur anzurufen braucht, dann klappt alles. Das erlebe ich bei sehr guten Freunden, mit denen ich sehr vertraut bin, und es ist für mich sehr schwer, ihnen klarzumachen: Ich tue so was nicht, ich manipuliere nicht irgendwo rum. Wenn der Artikel oder das, was du gern publiziert hättest, gut ist, will ich es gern versuchen, ihn unterzubringen, allright, aber ich habe nicht die Möglichkeit, bei irgendeiner Zeitung oder bei irgendeinem Rundfunk anzurufen und zu sagen, hier, das publiziert ihr jetzt. Ich nenne Ihnen dieses Beispiel, um klarzumachen, welch ein kompliziertes Ding die Demokratie ist. Die Vorstellungen von der Macht eines sehr berühmten Schriftstellers, nennen wir es so objektiv, sind kindlich. Dort funktioniert es nämlich so. Wobei Nobelpreisträger zu sein nicht das Entscheidende in der Sowjetunion ist. Aber Solschenizyn hat natürlich Autorität gehabt. Was glauben Sie, was manche meiner sowjetischen Kollegen über meine Macht als Präsident des internationalen PEN gedacht haben. Selbst dieses bißchen Demokratie, an das wir uns jetzt so langsam gewöhnen hier, ist ihnen fast unvorstellbar, und das ist eines der schwierigsten, kompliziertesten Probleme für mich beim Umgang mit Freunden in der Sowjetunion. Es geht bis ins Detail, bis ins lächerlichste Detail. Wenn ich nach Moskau komme, zum Beispiel, und ich gehe nicht in das aller-, allerbeste Hotel, werden schon alle Funktionäre mißtrauisch. Ich habe da so ein kleines Hotel, so ein altmodisches aus dem 19. Jahrhundert, das ist viertklassig, da gehe ich gerne hin. Die Zimmer gefallen mir, auch der Speisesaal. Es ist für mich sehr schwer, da ein Zimmer zu kriegen, denn ein Autor von meinem Ruhm und Rang – der gehört ins allerbeste Hotel, ins allerbeste Zimmer. Daran ist etwas Schreckliches und auch etwas Rührendes. Auch ein Respekt vor dem Autor natürlich. Aber wenn sie sich außerhalb dieser hierarchischen Klischees verhalten, werden die Leute sofort mißtrauisch. Sie denken, mein Gott, der will in dieses Hotel, da hat der aber etwas vor. Da trifft der jemanden und so. Ich nenne diese Beispiele, um Ihnen klarzumachen, daß die Leute dort keine Vorstellung von Demokratie haben. Und noch ein Beispiel: Ich bin befreundet mit einem sehr, sehr guten Maler, der offiziell fast völlig unbekannt ist in der Sowjetunion, dessen Bilder ich aber liebe, und ich bin mit ihm persönlich sehr eng befreundet. Ein völlig unprominenter, völlig »unbedeutender« Mensch. Besuche ich den zweimal, wenn ich in Moskau bin, manchmal dreimal, und ich will ihn auch viermal sehen, er ist mein Freund, dann verstehen das die Funktionäre nicht, denn ich muß doch mit Gleichrangigen verkehren. Diese Rangigkeit, diese Gleichrangigkeit. Ich sage das alles nur, um zu erklären, daß die Sowjetunion ein komplett feudalistischer Staat ist.

Und da Alexander Solschenizyn die Sowjetunion ablehnt als Modell, kann ich mir nicht vorstellen, daß eine andere Art des Feudalismus ihm vorschwebt.

*Vormweg:* Aber die national-religiösen Gesellschaften der Geschichte waren alle feudalistisch. – Doch eine ganz andere Frage. Solschenizyn ist offensichtlich gegen Entspannungspolitik, wenn ich seine Äußerungen da richtig verstanden habe. Er hält Kissinger für einen Ausverkäufer des freien Westens. Er sieht da eine Kapitulation. Das setzt voraus, daß er von Aufklärung – Entspannungspolitik hat ja in sich das Moment gegenseitiger Aufklärung – spontan und instinktiv einfach nichts hält. Was könnte er sich statt dessen vorstellen? Ist er ein Mensch, der seine Abneigung – will ich mal sanft sagen – gegen das System der Sowjetunion wirklich so weit treibt, daß er nur die Konfrontation für möglich hält? Aber das ist vielleicht bei ihm schon vorbei, weil er den Westen für viel zu dekadent hält. Oder glaubt er wirklich wie Sacharow, Medwedew und verschiedene andere – nach meiner Meinung überzeugender – an eine Erneuerung in der Sowjetunion aus eigener Kraft?

*Böll:* Ich glaube, das Wort Entspannungspolitik ist zu groß, zu verschlissen. Er hat selber in einer seiner Reden in Amerika einen sehr, sehr guten Vorschlag gemacht. Den halte ich für entscheidend, für den wichtigsten. Ich habe ihn selber gemacht in anderem Zusammenhang, im Zusammenhang mit dem sogenannten Korb 3 der KSZE: Austausch von Informationen und Personen. Solschenizyn hat gesagt, warum lassen die nicht einfach – ich kann es jetzt nicht wörtlich zitieren – Leute ausreisen, ohne daß der KGB oder eine Organisation die aussucht, und zwar so ausreisen, daß keiner Angst haben muß, er kann nicht wieder rein. Und diesen Vorschlag, den wir im PEN-Club vor Jahren gemacht haben, den wir auch in den Korb 3 reinstecken wollten – da haben wir extra in Bonn eine Veranstaltung gemacht –, ich glaube, das ist der entscheidende Vorschlag zur Entspannungspolitik. Die Sowjetunion, die DDR hat, was diesen Korb 3 betrifft, nicht einen Fetzen bisher gegeben. Was Solschenizyn hier sagt, halte ich für das Entscheidende: daß also sowjetische Intellektuelle in den Westen kommen können, nicht ausgesucht vom Schriftstellerverband, nicht ausgesucht vom Malerverband, nicht ausgesucht vom Komponistenverband oder vom Verband der Filmschaffenden, sondern aus eigenem freien Entschluß, um sich hier mal umzugucken. Dieser Prozeß – ich habe darüber auch schon mit Herrn Falin stundenlang gesprochen – würde der Sowjetunion nicht schaden und wirklich Entspannung herbeiführen. Denn – auch das müssen Sie immer bedenken – worin besteht die Information, die ein sowjetischer Intellektueller über den Westen bekommt? Aus Propaganda plus oder Propaganda minus. Es ist niemals ein wirklicher Einblick. Wenn Sie drei Wochen durch Amerika fahren, mit Leuten reden, im Hotel wohnen, sich das Leben angucken, haben Sie einen Eindruck von Amerika. Dieser Eindruck ist fast allen ernsthaften sowjetischen Intellektuellen versagt. Das Reisen in den Westen ist ein bitterböse verwaltetes Privileg weniger Funktionäre. Ich kenne das Spiel inzwischen. Es kommen seit 20 Jahren dieselben Leute. Ich habe versucht, gute Freunde von mir privat einzuladen, ich garantiere sogar dafür, daß sie zurückgehen, ich zahle die Kosten – nur, weil ich diesen Menschen, mit denen ich immer nur korrespondiere und in Moskau rede, mal zeigen will, wie der Westen ist. Und da hat Solschenizyn einen Vorschlag gemacht – nicht neu, aber er ist sehr wichtig –, der mir beweist, daß er nicht auf permanente Konfrontation aus ist. Nichts ist passiert. Es tauchen immer wieder dieselben langweiligen Funktionäre auf; langweilig, weil man sie schon kennt und weil man schon weiß, was sie in Moskau erzählen werden. Da wird eben der DKP-Schriftsteller X oder Y als *der* Autor der Bundesrepublik rausgestellt, einfach unzutreffend. Ich habe nichts dagegen, daß wir DKP-Schriftsteller haben und einige auch eine gewisse Bedeutung hier haben. Allright. Aber es wird immer wieder ein unzutreffendes, den Funktionärs-Klischees passendes Bild von der Bundesrepublik vermittelt. Im Grunde genommen wird von unserer Komplexheit und Kompliziertheit und auch von dem latenten Faschismus hier, dem latenten, gar nichts sichtbar. Und seitdem ich das gelesen habe von Solschenizyn in einer seiner Reden in Amerika, kann ich nicht glauben, daß er ein kalter Krieger ist und nur ein Antikommunist und nur Konfrontation will. Ich denke mir, daß manche seiner Äußerungen, umstrittene und unbestreitbare Äußerungen, auch dem Heimweh entspringen und auch der Gereiztheit gegenüber den westlichen Medien, die einen ja natürlich wirklich fertigmachen können, weil sie einen immer in eine bestimmte Ecke drängen oder ausbeuten wollen im geistigen Sinne. Insofern bin ich, was die Entspannungspolitik betrifft, fast seiner Meinung. Die eigentliche Begegnung mit einem Land, mit einer Welt, die den wirklich nachdenklichen sowjetischen Intellektuellen vollkommen fremd ist, die sie nur aus der Literatur und aus ein paar Zeitungen kennen, die wird ihnen vorenthalten, und diese permanente Vorenthaltung erhöht die Spannung, ist eigentlich Anti-Entspannung. Der sowjetische Schriftstellerverband hat, glaube ich, 5 000 Mitglieder, – warum sind das immer nur bestimmte, die da kommen dürfen? Ich glaube, daß diese Einschränkung der Angst entspringt vor der Konfrontation mit dem Westen. Und ich glaube, daß diese Angst unbegründet ist. Das ist meine Meinung. Ein zweiter Grund ist, daß einfach plump materialistisch, privilegiert-feudalistisch Reisen von einer bestimmten Clique verwaltet und wie Pfründe verteilt werden. Das betrifft auch das Einkaufen. Nicht Bücher, die kriegt man geschenkt, auch Gardinen, Stoffe und Schuhe und so weiter, also Konsum.

*Vormweg:* Vielleicht gehen wir noch einmal kurz zurück und kommen damit auch auf Twardowskij. Im Aufsatz von Medwedew ist zu lesen, daß Solschenizyn durch den »Iwan Denissowitsch« die Entwicklung in der Sowjetunion deutlich vorangetrieben hatte; Medwedew kritisiert sehr stark, daß Solschenizyn in »Die Eiche und das Kalb« die breite Diskussion darüber in der Sowjetunion selbst so heruntergespielt, als bedeutungslos dargestellt habe. Ist es nicht so, daß er möglicherweise durch die Beschleunigung, die dann innerhalb seines Schreibens in Richtung Archipel GULAG eintrat, dieser auch von ihm gewünschten Entwicklung eher ein bißchen geschadet hat? Hatte nicht vielleicht doch, wenn man so bedenkt, was auch bei uns in den Bürokratien und in den Medien vorgeht, eher Twardowskij recht, wenn er Schritt für Schritt, ganz langsam voran und auch mal einen Schritt zurückgehen wollte? Medwedew sagt ja auch, daß es bei Solschenizyns Isolierung in der Sowjetunion, nach dem Ausschluß aus dem Schriftsteller-Verband, kaum Proteste zugunsten Solschenizyns gegeben habe, und wenn ich ihn da recht verstehe, will er sagen, dieses Fehlen der Proteste lasse darauf schließen, daß Solschenizyn tatsächlich konkret isoliert war, daß die Kollegen nicht schwiegen, weil sie Angst gehabt hätten, sondern weil sie tatsächlich anderer Überzeugung waren.

*Böll:* Ich glaube nicht, daß das zutrifft. Ich habe ja einen Teil dieser Entwicklungen mitbekommen, auch in der Sowjetunion, wenn ich zu Besuch war: es hat Proteste gegeben, es sind ja auch Leute aus dem Schriftsteller-Verband ausgeschlossen worden, die gegen seinen Ausschluß protestiert haben. Auch gegen den Ausschluß der Tschukowskaja. Und da müssen wir nun unterscheiden. Ich kann nicht beurteilen, was Medwedew über Solschenizyns Darstellung von Twardowskij sagt. Ich habe Twardowskij dreimal getroffen, ich weiß, daß er ein glühender Verehrer von Solschenizyn war, und ich werde vielleicht bei Gelegenheit einmal darüber berichten, welchen Eindruck ich gehabt habe. Twardowskij hat Solschenizyn sehr verehrt – nicht nur gefördert, sondern richtig verehrt –, und ich habe eigentlich die Schilderung Twardowskijs in »Eiche und Kalb« nicht so negativ gesehen, wie Medwedew sie interpretiert; aber das ist eine bestimmte innersowjetische Empfindlichkeit, die ich respektieren will. Reden wir über das Wichtige. Wie Solschenizyns Darstellung in der Sowjetunion empfunden wird, da kann man sich eigentlich nicht einmischen. Es gibt ja so traumatische Themen, das wird ewig weitergehen – hat er ihn richtig geschildert, hat er ihn falsch geschildert. Eins ist klar in »Eiche und Kalb«, daß Solschenizyn konzessionsbereit war.

*Vormweg:* Ja, vor allem zu Anfang.

*Böll:* Noch bei »Krebsstation« war er konzessionsbereit. In einem bestimmten Augenblick hat er bewußt die angefangene »Krebsstation« aus der Schublade genommen, hat gesagt, dieses harmlose, wie ich auch heute noch meine: harmlose Werk, also innerhalb der sowjetischen Auseinandersetzung harmlos, werde ich jetzt fertigschreiben und ihnen anbieten. Also nicht den »Ersten Kreis der Hölle«, nicht Teile des Archipel GULAG. Er hat sich konzessionsbereit gezeigt, weil er den verhärteten Apparat von innen heraus lösen wollte. Aber ich glaube, daß er *mehr* Konzessionen, als er angeboten hatte, wie ich »Eiche und Kalb« entnehme, nicht hätte machen können. Es gibt eine Grenze. Und Sie müssen eines bedenken, das mir im Lauf der Jahre klar geworden ist: wenn Sie in einem totalitären System leben, mit Zensur, mit Überwachung, werden Sie leicht zu bescheiden. Ich verurteile gar nicht den Schritt-für-Schritt-Standpunkt von Medwedew, aber ... Ich habe das auch bei Kollegen in der DDR festgestellt, wenn man sie wieder trifft und man redet, dann heißt es, ach, da ist jetzt das und das erschienen, ein Gedicht von dem und dem, ein Aufsatz von dem, es geht voran. Das ist mir zu bescheiden. Ich weiß auch, daß wir gut reden haben. Das weiß ich auch.

*Vormweg: Hier* muß man auch oft sehr bescheiden sein.

*Böll:* Hier muß man auch bescheiden sein auf eine andere Weise, das vorausgesetzt. Doch Solschenizyns Bedeutung nach der Publikation des »Iwan Denissowitsch«: sie war groß, und keiner unterschätzt das.

*Vormweg:* Also in der Sowjetunion selbst ...

*Böll:* Ja. Seine Wirkung war ungeheuer, auch später noch. Ich glaube aber, daß er diese Wirkung eher verspielt hätte, wenn er mehr Konzessionen gemacht hätte, als er angeboten hat. Wenn ich mir vorstelle, welche Bedeutung dieses Werk hat, sagen wir: für die Publikationsgeschichte, und es hätte sich rumgesprochen, ach, der gibt jetzt auch klein bei ...

*Vormweg:* Darf ich einen Sprung machen? Die erste Frau von Solschenizyn und verschiedene andere haben Solschenizyn

Ich-Fixiertheit vorgeworfen, maßlose Selbstüberschätzung. Er habe unbedingt sich selbst ein hohes Podest schaffen müssen. Außerdem hat die Tochter von Twardowskij ihm vorgeworfen, er gehe mit Informationen aus zweiter und dritter Hand ziemlich fahrlässig um. Und ich selbst muß gestehen, daß einige Passagen aus dem Archipel GULAG für mich so richtig die Stimmung rechter Propaganda verbreiten.

*Böll:* Das Buch von seiner ersten Frau habe ich gelesen. Es ist ganz eindeutig ein gewundenes Buch und für mich ganz eindeutig manipuliert durch sowjetische Behörden. Wenn Sie es wirklich lesen, merken Sie die Stellen, wo sie sich drückt. Da wird mir zuviel verschwiegen. Und was diese Ich-Bezogenheit betrifft, oder nennen wir es Podestierung, möchte ich sagen: Dasselbe wirft man Biermann vor in der DDR. Es ist doch so: Die Sowjet-Behörden selbst haben ihn auf das Podest gestellt, durch die Behandlung, die sie ihm haben widerfahren lassen, durch die Verhinderung von Publikationen, durch diese permanente Verfolgung und Bespitzelung. Dann hat man ihn ausgewiesen,also ganz demonstrativ auf das höchste Podest gehoben, das möglich ist. Wie kann ich jemandem vorwerfen, daß er darauf steht? Das kann ich nicht. Es ist doch eine alte Taktik in manchen sozialistischen Ländern, daß man jemanden verfolgt, daß man seine Publikationen unterdrückt, daß man ihn auf das Mieseste im Alltag behelligt, und dann wirft man ihm vor, daß er ein Märtyrer ist oder auf dem Podest steht. Da sehe ich böse Dialektik am Werk. Wenn man ihn in der Sowjetunion publiziert hätte, alle seine Werke, und ihn nicht ausgewiesen hätte, ihm nicht all diese Schwierigkeiten gemacht hätte, stünde er vielleicht nicht auf dem Podest. Ich finde, das ist ein mieser Trick. Ich habe mich oft während meiner früheren Besuche in der Sowjetunion mit Funktionären über ihn unterhalten, die genau mit dem Argument kamen, was macht der sich wichtig und so weiter. *Sie* haben ihn wichtig gemacht, habe ich ihnen immer gesagt. *Ihr* macht ihn wichtig, und dadurch wird er auch wichtig. Das kann man ihm nicht vorwerfen.

*Vormweg:* So ist er dann auch an vielen seiner Wirkungen, die er außerhalb der Sowjetunion hat, mehr oder weniger unschuldig.

*Böll:* Ja natürlich! Aber ganz sicher.

*Vormweg:* Und dieses Flair rechter Propaganda im Archipel GULAG –, hat das nicht manchmal auch auf Sie so gewirkt?

*Böll:* Nein, nein. Ich glaube, wir sollten das vergleichen, sagen wir: mit unserem Vertriebenen- und Flüchtlingsproblem. Ich sage das jetzt gruppenhaft: Wir westlich-deutschen Intellektuellen haben auch dieses Problem ignoriert, weil es für uns eine bestimmte parteipolitische Propagandalinie hatte. Die Vertreibung, die Flüchtlinge, wirkliche grausige Dinge, die während des Krieges oder nach dem Krieg passiert sind. Die haben wir – ich kann es von mir noch nicht mal so sagen, aber ich bin da auch mitschuldig –, wir haben sie ignoriert, weil sie uns politisch aus einer bestimmten Ecke zu kommen schienen und auch politisch nicht paßten.

*Vormweg:* Sie meinen jetzt die Vertriebenenverbands-Politik?

*Böll:* Und ich glaube, daß das ungerecht war, daß man das Schicksal dieser Menschen völlig unabhängig davon, wem das politisch nützt oder schadet, endlich akzeptieren und wahrnehmen muß. Nicht nur aus einer generellen, sagen wir: einer humanistischen Gerechtigkeit heraus, sondern auch um bestimmte politische Entwicklungen hier besser zu verstehen, die entstanden sind, weil eine große Gruppe von Intellektuellen und Publikationsorganen dieses Problem einfach in die rechte Propagandaecke oder gar die faschistische geschoben hat. Ähnlich sehe ich manche Äußerungen im Archipel GULAG. Es wäre zu dumm, das nicht wirklich wahrzunehmen, auch wenn es uns nicht paßt. Genausogut, wie ich wünsche, daß Solschenizyn und viele seiner Freunde auch hier wahrnehmen, was ihnen hier möglicherweise nicht paßt. Die Entwicklung in Italien, die Entwicklung in Angola, die ja nicht entstanden ist durch böswilliges permanentes Bohren der Sowjetunion. Das ist ja Unsinn. In Italien finden ja freie Wahlen statt.

*Vormweg:* Wie aber die Geschichte im letzten halben Jahrhundert abgelaufen ist, gibt es doch keine Position, von der aus man isoliert sprechen kann über Archipel GULAG, über die Vertriebenen, isoliert von dem, was von Deutschland ausgegangen ist.

*Böll:* Nein, das ist vorausgesetzt.

*Vormweg:* Es ist ja doch immer das Problem, daß es fast unmöglich ist, diese Relationen öffentlich im Bewußtsein zu halten.

*Böll:* Man muß immer voraussetzen, wie es zu diesen Problemen gekommen ist, das ist klar. Aber über Krieg und Entstehung des Krieges ist ja viel geschrieben worden. Warum dieses Problem nicht auch im Zusammenhang sehen mit der sowjetischen Nachkriegspolitik? Das ist ja eigentlich auch ein Problem Archipel GULAG gewesen. Und deshalb fand ich es so gut, daß mein Freund Kopelew damit angefangen hat, als sowjetischer Autor, als Sozialist sich mit diesem Problem auseinanderzusetzen. Sein Buch »Aufbewahren für alle Zeit« fängt ja damit an. Das ist für mich das Interessante gewesen, daß er als Sozialist heute noch, trotz Lager und GULAG gesagt hat, jetzt schreibe ich mal darüber, und ich will, daß bekannt wird, was wir als Rotarmisten, was er selbst empfunden hat bei der Besetzung Ostpreußens. Auch damit muß man sich als Sozialist auseinandersetzen.

*Vormweg:* Ja, der Meinung bin ich auch.

*Böll:* Lesen Sie mal den Kopelew. Mindestens die ersten fünf Kapitel, wo das auftaucht, nachher ist es auch interessant, aber es ist dann mehr eine Variante, eine sehr menschliche Variante auf Archipel GULAG. Kopelew ist nämlich ein nichtasketischer Mensch. Das war für mich an dem Buch das wichtige, daß jemand, der sich heute noch als Sozialist und Fast-Kommunist definiert, sagt, das hätten wir nicht tun dürfen. Und so haben wir es gemacht, und so war es.

*Vormweg:* Sehen Sie Solschenizyn eigentlich?

*Böll:* Nein, ich habe ihn, seitdem er damals hier war, nicht mehr gesehen. Er ist ja immer unterwegs. Jetzt ist er in

Amerika. Macht »1917«. Ich fürchte natürlich, daß er sich ganz verbeißt in diese historische Geschichte. Schade, daß er so gar keinen Roman, keine Erzählungen plant.

*Vormweg:* Schade, weil seine Legitimation ja noch immer die eines Erzählers ist?

*Böll:* Ja, es ist für mich immer noch die imponierendste seiner Dimensionen. Auch im Archipel GULAG ist er ja ein Erzähler. Das ist ja ungeheuer instrumentiert und arrangiert und intoniert. Ich rechne das noch unter Erzählung, aber sich ganz in die politische Geschichte der Sowjetunion zu verlieren – ich weiß nicht, ob das lohnt. Aber das muß er selber wissen. Ich werde ihn wiedersehen. Wir schreiben uns, und – er ist kein Kapitalistenfreund, wirklich nicht.

*Vormweg:* Sollen wir das als Schlußwort nehmen?

*Böll:* Nein, das ist zu persönlich.

*Vormweg:* Aber er ist in solche Gesellschaft geraten.

*Böll:* Sie können das natürlich sagen, weil er gar keine Alternative bietet, politisch. Er sagt nur immer: Angola kaputt, Italien, Portugal, Vietnam, wir haben den dritten Weltkrieg schon verloren. Da könnte man auf die Idee kommen, die Lösung ist nur ein Krieg, aber es ist eben nicht seine Lösung.

*Vormweg:* Aber wenn man sich politisch äußert, muß man doch eigentlich die Konsequenzen seiner Aussagen schon vor den Aussagen für sich gezogen haben, Solschenizyn als Mensch, als Schriftsteller – man weiß, bis zu welcher Verläßlichkeit der einzelne Mensch kommen kann, er wird immer wieder verunsichert und – Sie haben es zu Anfang gesagt – der Schriftsteller lebt ja sowieso in Krisen. Solschenizyn ist jemand, der sich wie jeder Autor durch seine Krisen hindurchschlagen muß. Gewiß. Aber er hat eine große Neigung für den Tonfall der Propheten. Und wenn er auf dem Podest steht und sich äußert, finde ich, politisch äußert, und weiß, daß er auf der ganzen Welt gehört wird, das ist ja der Fall, müßte er eigentlich entweder den Mund halten oder seine Äußerungen samt ihren Konsequenzen vorher reflektiert haben.

*Böll:* Ja, ja, da haben Sie recht. Ich bin nur wirklich völlig unfähig, einen Kollegen zu belehren, vollkommen unfähig, und ich glaube auch nicht, daß es gut wäre. Ich glaube, daß man Erfahrungen machen muß. Als Solschenizyn damals kam und seine ersten Äußerungen nach seiner Ausweisung bekannt wurden, haben viele Kollegen zu mir gesagt: Mein Gott, du mußt ihm schreiben, du mußt ihn mit uns zusammenbringen. Ich habe das abgelehnt. Ich habe gedacht und gesagt: Man kann nicht anderer Leute Erfahrungen machen. Einer der Sätze, die oft in Solschenizyns Reden vorkommen. Man muß das selber erfahren, muß auch seine eigenen Fehler machen. Ich kann einen Freund um Rat fragen, ich kann jemandem sagen: also hör mal, ich muß da jetzt eine Rede in London halten, darf ich dir mal zeigen, was ich da ungefähr sagen will? Das kann ich alles machen, das ist legitim, aber im entscheidenden Augenblick müssen sie selbst entscheiden, das kann ihnen keiner abnehmen. Mir ist das in einer anderen Situation ähnlich gegangen. Da haben mir Kollegen geschrieben, mein Gott, was redest du da wieder für einen Unsinn, was sagst du da wieder. Das war auch zum Teil Unsinn. Aber sagen muß ich es, schreiben muß ich es selbst, auch wenn es Torheiten sind. Und ich kann nicht anderer Leute Erfahrung in meiner Sprache wiedergeben. Das ist eine Autorenerfahrung, die mich hindert, Solschenizyn von außen zu belehren. Er hat mir manchmal geschrieben. Wir haben auch unsere Meinungen ausgetauscht, oft gegensätzlicher Art, ich werde ihn auch mal wiedersehen und mit ihm reden. Aber nicht unaufgefordert jemanden belehren ...

*Vormweg:* Auch nicht unaufgefordert mit jemandem diskutieren?

*Böll:* Doch, das ja. Das werde ich tun, wenn er inzwischen so gut Deutsch kann. Das ist ja auch ein Problem. Sie können nicht über einen Dolmetscher diskutieren. Ich kann leider nicht Russisch. Das ist ein ganz heikles Problem, das sprachliche. Man weiß ja auch nie, wenn er in Spanien oder England oder Amerika Russisch spricht, wie das übersetzt wird. Das kann an einem Wort hängen. Ich hoffe nur, und das ist meine Sorge, daß er einsichtig sein kann, daß er jetzt nicht blind davonrennt. Daß er einsehen kann, daß in Italien wirklich etwas ganz anderes vor sich geht als 1917 in der Sowjetunion. Daß er dazu noch fähig ist. Italien ist wahrscheinlich das wichtigste politische Land in diesem Jahrzehnt oder für einige Jahrzehnte, – wie die Italiener sich verhalten werden, falls die Kommunisten die größte Partei werden. Das wird für uns sehr entscheidend sein. Ich hoffe, daß Solschenizyn dann auch objektiv beobachten und beurteilen wird. Nicht mit Vorurteilen, nicht am Modell Sowjetunion. Und ich hoffe, daß er fähig ist, sich selbst möglicherweise zu korrigieren.

# Ein Gespräch über die Literatur der Sowjetunion

## Oktober 1977

*Vormweg:* Ich bin ganz unsicher, wie ich beginnen soll, und wenn ich dieses Gespräch überhaupt riskiere, dann einmal in der Hoffnung, daß Sie, Heinrich Böll, ihm sehr viel mehr Inhalt geben, als ich es könnte. Zweitens aber auch, weil ich damit wohl eine durchaus repräsentative Rolle übernehme. Obwohl ich einiges gelesen habe und gelegentlich, allerdings ganz vom hiesigen Standpunkt aus, ohne irgendeinen objektiven Anspruch, über Literatur aus der Sowjetunion geschrieben habe: eines ist ganz sicher, ich habe zu wenig gelesen, und ich weiß zu wenig. Ganz ähnlich, wie Alfred Andersch das in seinem offenen Brief an einen sowjetischen Schriftsteller dargestellt hat. Wie kommt das?

Hier wirkt offenbar noch immer Geschichtliches nach, und vielleicht müssen wir zunächst ein wenig zurückgehen. Als ich so richtig zu lesen begann, war ich fasziniert von der russischen Literatur – Dostojewskij vor allem. Ich kann mich noch genau an den Tag und die Nacht erinnern, in der ich als Siebzehnjähriger im ersten Nachkriegsjahr fast besinnungslos »Schuld und Sühne« gelesen habe. Und dann alle seine anderen Romane. Aber ich habe damals auch Maxim Gorki gelesen. Ich habe damals alles von russischen und sowjetischen Autoren gelesen, was ich bekommen konnte; die Namen habe ich meist vergessen. Dann aber war das vorbei.

Es blieben lange Zeit für mich nur die russischen Schriftsteller übrig, also die Älteren: Dostojewskij, Tolstoi, Gogol, Tschechow, Turgenjew, vereinzelt dann Katajew, der Erfolg hatte mit einem Theaterstück, und dann Dudinzew. Wie kam das, daß ich so wenige gelesen habe, obwohl ich einige Aufmerksamkeit für Literatur aufbringe? Ich glaube nicht, daß ich da eine Ausnahme mache. Hatte das ideologisch-politische Gründe hier bei uns? Hatte es objektive, in der Literatur sowjetrussischer Autoren liegende Gründe? Ich denke, man könnte hier zunächst einmal ansetzen. Wie kommt es, daß die Literatur der Sowjetunion nach dem Zweiten Weltkrieg so viele Jahre lang, bis vor ganz kurzem, so wenig galt?

*Böll:* Zunächst muß ich eine große Einschränkung machen: Ich kann nicht Russisch lesen, kann nicht Russisch sprechen. Ich bin also, wenn ich über russische oder sowjetische Literatur rede, angewiesen auf das, was übersetzt wird, das, was mir empfohlen wird in der Sowjetunion und was greifbar ist hier, und dieser Prozeß der Auswahl entscheidet mit darüber, was man erfährt von der Literatur eines anderen Landes, etwa auch von der amerikanischen. Die Auswahlprinzipien – nennen wir sie so –, nach denen uns ausländische Literatur präsentiert wird, sind zwar nicht gleich, was Osteuropa und die westliche Welt betrifft, aber Einschränkungen vergleichbarer Art gibt es, zum Beispiel verlegerische Überlegungen, Spekulationen, besonders was die sowjetische Literatur betrifft. Ich habe 1945 oder 1949 als erstes sowjetisches Werk den Kriegsroman »In den Schützengräben von Stalingrad« von Nekrassow gelesen, ein eindrucksvolles Buch, weil es das Kriegserlebnis der sogenannten anderen Seite – ich meine nicht der feindlichen Seite, ich habe die Sowjetunion nie als meinen Feind betrachtet – auf eine Weise schildert, die unserem Erlebnis sehr nahe war. Wir sind auch ungefähr gleichaltrig, es war auch eine Begegnung von Generationsgenossen. Dann kam sehr lange sehr wenig. Ich denke schon, daß es mit dem Kalten Krieg zusammenhängt und mit der irrigen oder falsch propagierten Vorstellung vom sozialistischen Realismus. Sie kam – ich kann das nicht genau historisch datieren – Ende der vierziger, Anfang der fünfziger Jahre schon auf, und ich muß gestehen, daß ich diesem Vorurteil auch erlegen bin.

*Vormweg:* War diese Beurteilung des sozialistischen Realismus auch damals in der noch ganz stalinistischen Periode schon ein falsches Urteil und damit ein Vorurteil?

*Böll:* Wie sich später herausgestellt hat, ja, weil mit dem Ausdruck sozialistischer Realismus auch die klassische realistische Tradition zugedeckt und diffamiert wurde.

*Vormweg:* Ich muß gestehen, daß ich eigentlich heute noch – dann ist das eine falsche Auffassung – von der Vorstellung ausgehe, daß damals der sozialistische Realismus sozusagen voll zugeschlagen hat und die Autoren gefesselt, fixiert hat auf ihre Belehrfunktion hin. Ist das also auch in bezug auf die spätstalinistische Zeit ein Vorurteil?

*Böll:* Nicht alle Autoren betreffend, verstehen Sie! Man muß einem Autor auch zugestehen, daß er überzeugt »Erbauungsliteratur« produziert. Überzeugt, nicht nur gelenkt und nicht nur dirigiert; und die große Hoffnung auf den Sozialismus, auf seine Verwirklichung hat natürlich manchen Autor bewegt, ohne daß ihm irgend jemand etwa vorgeschrieben hätte, so zu schreiben. Dieses Vorurteil ist wahrscheinlich geblieben, obwohl man am Beispiel Gorkis, den Sie nannten, sehr gut hätte erkennen können, daß das, was man dann sozialistischen Realismus genannt hat, eine durchaus legitime russische Tradition ist.

*Vormweg:* Dann hätten wir gerade aus dieser Zeit noch etwas nachzuholen, denn soviel ich weiß, ist da betont wenig übersetzt worden, und wir sind leider abhängig von Übersetzungen.

*Böll:* Es ist sehr viel in der DDR übersetzt worden; und dann gab es in der DDR-Literatur natürlich eine brave Imitation des sozialistischen Realismus, die uns auch nicht sehr animiert hat, uns mit dem ganzen Komplex zu beschäftigen. Ich glaube, daß man nicht vergessen sollte, daß die DDR der Vermittler war für diese Literatur und selbst dann ähnliche Literatur produzierte; das hat unsere Vorurteile und – sagen wir – unsere Vorsicht gegenüber dieser Literatur bestärkt. Man müßte da wirklich einiges nachholen.

*Vormweg:* Ich glaube, daß dann wahrscheinlich in dieser Zeit noch einige andere Einflüsse die sowjetrussische Literatur bei uns aus dem Interesse gedrängt haben. Alle mußten sich zunächst einmal auch gegenüber den Literaturen anderer Länder völlig neu orientieren, gegenüber der französischen, der amerikanischen, der englischen Literatur, der italienischen, zum Beispiel dem Neoverismo; das war damals ein so ungeheures Angebot an unablässig Neuem, daß man sozusagen den potentiellen Feind oder Gegner sehr leichtsinnig beiseite liegen ließ.

*Böll:* Ja, in der Zeit so zwischen 1945 und – sagen wir – Anfang der fünfziger Jahre war der sogenannte Nachholbedarf so groß, daß wir uns möglicherweise etwas leichtfertig diesem Vorurteil ergeben haben.

*Vormweg:* Und das änderte sich nach meiner Leseerinnerung – aber da kann ich falsch liegen – durch die Übersetzung des Romans »Der Mensch lebt nicht vom Brot allein« von Dudinzew. Da war plötzlich aus einem ähnlichen Motiv, wie wir es in den letzten Jahren immer wieder beobachtet haben, das Interesse für die sowjetrussische Literatur geweckt, weil ein Widerspruch in ihr ganz deutlich erkennbar zu werden schien.

*Böll:* Ich glaube, auch durch den Film von Rosow »Wenn die Kraniche zieh'n«, der ungefähr aus dieser Zeit kam, kurz vor oder nach Dudinzew. Diesem Roman liegt ein Theaterstück von Rosow zugrunde, der ein sehr produktiver Theaterautor ist, hier sehr wenig bekannt, und ein Autor, der gar nicht von außen angepaßt werden mußte; das ist seine Überzeugung, die er dort darstellt. In dem Augenblick, wo Dudinzew kam, wo sich also auch Systemkritik zeigte, fing das Interesse an.

*Vormweg:* Das zeigt doch, daß besonders in bezug auf die Literatur der Sowjetunion ganz schlicht politische Gesichtspunkte auf die Rezeption hier einen sehr großen Einfluß haben. 1956 ist – glaube ich – dieser Roman von Dudinzew in der Sowjetunion erschienen. Da hielt auch Chruschtschow seine Entstalinisierungsrede auf dem 20. Parteitag, und die hatte ganz offensichtlich sehr große Folgen für die Literatur der Sowjetunion.

*Böll:* Natürlich, dann kam Solschenizyn, »Iwan Denissowitsch«, auch eine Sensation innerhalb und außerhalb der Sowjetunion.

*Vormweg:* Diese Phase war doch ungeheuer hoffnungsvoll, jedenfalls von hier aus gesehen.

*Böll:* Ja, auch von der Sowjetunion aus gesehen. In »Die Eiche und das Kalb« finde ich immer noch die für mich greifbar wichtigste Auskunft über das ganze Zensur- und Einflußsystem in der Sowjetunion. Da wird sehr genau geschildert, wie das mit einem Manuskript vor sich geht, spannend und auch gar nicht propagandistisch polemisch, sondern sehr genau analysierend, an sich selbst, an dem Beispiel Solschenizyn. »Iwan Denissowitsch« wurde publiziert – das war eine Sensation. Dann sollte »Die Krebsstation« – nein, es sollte ein anderes erscheinen –, aber dann hatte Solschenizyn ganz bewußt die »Krebsstation« vorgelegt, wissend, daß das ein nicht so gefährliches Buch war im politischen Sinne. Ich finde »Die Krebsstation« viel weniger systemkritisch als etwa jetzt Trifonows »Haus an der Moskwa« – das ist das Widersprüchliche in der Literaturpolitik. »Die Krebsstation«, die also weniger systemkritisch war als zum Beispiel »Denissowitsch«, durfte dann nicht erscheinen, ein relativ harmloses Buch im Hinblick auf den Zensurapparat, der sehr vielfältig ist: es gibt einen Schriftstellerverband, es gibt staatliche Kontrollen, da wird auch überlegt, auch mit den Autoren gesprochen. »Die Eiche und das Kalb« gibt wichtige Auskunft über Literatur- und Publikationspolitik. Dann hat sich eben an Solschenizyn der Begriff der »Dissidenten-Literatur« gebildet, obwohl vor ihm schon ein großartiges Lagerbuch von Jewgenija Ginzburg erschien: »Marschroute eines Lebens«; das war sowohl eine Sensation wie ein Skandal. Es erschien im Westen, ohne in der Sowjetunion erschienen zu sein. Man hat vergessen, daß diese Literatur eine Entwicklung hatte.

*Vormweg:* Bei dieser Geschichte – man könnte fast sagen: einer Spaltung der sowjetrussischen Literatur, wobei man nicht genau weiß, wer nun das Russische repräsentiert und wer das Sowjetische und ob überhaupt die einen das und die anderen das repräsentieren –, bei der Geschichte dieser Spaltung der legalen Literatur in erwünschte und unerwünschte, die dann teils in den Samisdat, teils zu den Dissidenten ging, müssen wir ein wenig verharren, denn diese Geschichte prägt wohl noch immer in der breiteren Öffentlichkeit die Gesamtvorstellung von der Literatur in der Sowjetunion, soweit ich das beurteilen kann. Doch stellt sich, wenn man etwas länger darüber nachdenkt, diese Geschichte vielleicht anders dar. Vielleicht könnte man von der Frage ausgehen: War diese Spaltung nur ideologisch und von Staats wegen verursacht, oder haben die Dissidenten und die späteren Exilierten selbst auch einen Anteil an dieser Spaltung? Ich könnte mir vorstellen, daß Sie gerade darüber sehr gut Auskunft geben könnten.

*Böll:* Ich kann das nicht generell beurteilen. Ich habe einiges darüber gelesen, auch einiges in mündlichen Gesprächen hier und dort erfahren. Wir müssen noch Pasternak erwähnen: »Schiwago« hat eine wichtige Rolle gespielt in der Publikationspolitik und in der Rezeption der Publikation in der Sowjetunion in Zusammenhang mit seinem Nobelpreis, dieses doch skandalöse Verhalten der sowjetischen Regierung und Pasternaks Rückzug dann. Ich glaube, daß viele Autoren, die später zu Dissidenten wurden – bleiben wir bei dem Ausdruck, auch wenn er noch definiert werden müßte –, durchaus bereit waren, ich will nicht sagen, Zugeständnisse zu machen, aber sich politisch zu verhalten. Das können Sie am Beispiel Solschenizyn sehr gut sehen, daß er bewußt nicht als zweites Buch, sagen wir: etwa den »Ersten Kreis« angeboten hat, sondern »Die Krebsstation« und vermutlich gedacht hat: Vielleicht entwickelt sich das wirklich einmal zu einer – sagen wir – befreiten Literaturpolitik. Doch das ist gescheitert. Da hat Solschenizyn eine entscheidende Rolle gespielt.

*Vormweg:* Woran ist das eigentlich gescheitert?

*Böll:* Ich vermute – wenn ich die Protokolle lese, und es sind zum Teil richtige Sitzungsprotokolle, keine fiktiven – an der Angst der Funktionäre vor einer wirklichen Befreiung. Ich denke mir, daß der Apparat, nicht nur die KGB-Leute, Politiker und Politbüro und so weiter, sondern auch der Apparat des Schriftstellerverbandes, Angst bekommen hat vor dieser Welle, die dann unweigerlich gekommen wäre. Dieser Prozeß ist gestoppt worden, und das hat dann zu der Entwicklung des Dissidententums in all seinen Varianten geführt. Maximow, Sinjawski, Daniel, Bukowski, Amalrik – alle diese Namen muß man in dem Zusammenhang nennen. Wenn man in der Sowjetunion, auch im Schriftstellerverband und in den Redaktionen, bereit gewesen wäre, die Schwelle etwas niedriger zu halten, hätte sich das ganz anders entwickelt, aber das ist natürlich hypothetisch.

*Vormweg:* Sie meinen also, diese der Literatur nahen Institutionen hatten einen Anteil an dieser etwas widersprüchlichen Entwicklung – der Schriftstellerverband selbst?

*Böll:* Ja, es könnte sogar sein – das ist jetzt eine Hypothese, die ich nie werde beweisen können –, daß manche Politiker, etwa Chruschtschow und andere, bereit gewesen wären, weiter zu gehen als die Funktionäre des Verbandes. Da kommen natürlich noch andere Dinge hinzu, die mit Politik sehr wenig zu tun haben, wenn sie auch die Politik beeinflussen. Es gibt einfach Rivalitäten: »Der wird im Westen publiziert, der ist berühmt. Ich bin doch ein viel besserer Schriftsteller.« Ich habe das wörtlich so gehört bei manchen Diskussionen im Schriftstellerverband, wenn ich mit denen über die sogenannten Dissidenten sprach, dieses internationale, aber nicht sehr intellektuelle Argument. Das hat alles in den Apparaten mitgewirkt, und die Rivalität ist natürlich bei Autoren größer als zwischen Politikern. Man muß den Apparat sehen: 5 000 Mitglieder, soundso viele Funktionäre, der ist erster Sekretär, der ist zweiter, der ist dritter – alles Autoren und meistens, soweit ich ihre Werke in Übersetzungen aus der DDR habe studieren können, keine sehr imponierenden Autoren. Und dann kommen Leute wie Solschenizyn und Pasternak und Maximow und andere, die plötzlich im Westen begehrt werden. Das darf man nicht vergessen, daß Rivalität zwischen – sagen wir – Linientreuen und Dissidenten, Rivalität innerhalb der Linientreuen und Rivalität innerhalb der Dissidenten immer noch eine große Rolle spielt.

*Vormweg:* Das würde manche ganz eigenartigen Erscheinungen erklären. Aber zuerst möchte ich noch fragen: Sie sind einer der ersten Autoren aus der Bundesrepublik gewesen, die selbst in die Sowjetunion gereist sind. Sie haben eine ungeheuer große Leserschaft in der Sowjetunion, wenn ich das richtig sehe. Wann sind Sie eigentlich zum ersten Mal hingereist, oder anders herum, wann ist zum ersten Mal ein Buch von Ihnen in der Sowjetunion erschienen, und wann sind Sie dann zum ersten Mal hingereist?

*Böll:* Die meisten Bücher, die ersten Publikationen von mir sind erschienen, ohne daß ich das wußte. Es gab überhaupt kein Abkommen, auch keine Kontrollen, es gab noch nicht einmal Belegexemplare. Ich glaube, 1956 oder 1957 sind die ersten Bücher von mir erschienen. Ich erfuhr das zufällig. Dann kam eine offizielle Delegation sowjetischer Autoren in die Bundesrepublik, schon im Rahmen eines Kulturabkommens, glaube ich, und dann wurde 1962 die erste Gegendelegation gebildet, noch unter der Regierung Adenauer. Aber ich hatte keine Lust. Ich war mitten in der Arbeit an einem Roman und unabhängig. »Ob Sowjetunion oder Australien oder Vereinigte Staaten«, habe ich gesagt, »Kinder, ich habe jetzt keine Zeit!« Ich bin dann aber von der Regierung Adenauer regelrecht gebeten worden mitzufahren, weil die Sowjets gesagt haben: Ohne den wollen wir keine Delegation. Dann bin ich also auch mitgefahren, mit Hagelstange und Gerlach, und das war eine sehr, sehr wichtige Reise mit vielen öffentlichen Diskussionen über alle Probleme, über den Kalten Krieg, über gegenseitige Klischees.

*Vormweg:* Das war ja auch das Jahr des »Iwan Denissowitsch«?! . . .

*Böll:* Ja, und das war auch das Jahr der Kuba-Krise. Wir kamen zurück und hörten im Flugzeug, daß diese Raketengeschichte lief . . . Dann bin ich öfter in die Sowjetunion gefahren, inoffiziell, als privater Besucher, habe Freunde gefunden, schon bei meiner ersten Begegnung . . . So hat sich das entwickelt.

*Vormweg:* Ich glaube, wir müssen noch ein wenig über diesen eigenartigen Widerspruch innerhalb der »legalen« Literatur reden. Es gab etwa von der Zeit an, zu der Sie zum ersten Mal in der Sowjetunion waren, ganz bemerkenswerte Auflokkerungen. Sie haben eben selbst darauf hingewiesen, auch auf die möglichen Motive, und daß man das gar nicht vom Text her, von der Literatur her so richtig unterscheiden kann, ob das nun ein potentieller Dissident ist oder ein Autor, der innerhalb der Sowjetunion so gut wirken kann, wie er eben zu wirken vermag. Es gibt seither offensichtlich mehrere Autoren in der Sowjetunion, die innerhalb des Landes Dinge schreiben, die man Dissidenten zutrauen möchte, während es auch anders herum geschieht ... Aber ich möchte jetzt wiederum auf etwas Persönliches hinaus, weil das möglicherweise die Situation damals, die bis heute weiterwirkt, beleuchtet. Zu dieser Zeit sind zum ersten Mal Geschichten, Erzählungen und auch Romane in der Sowjetunion erschienen, an deren Übersetzungen man ablesen konnte, daß die Autoren Heinrich Böll gelesen hatten ...

*Böll:* Ja, es gab einen Einfluß auf verschiedene Autoren, wahrscheinlich Aksenow zum Beispiel.

*Vormweg:* Mir ist es am stärksten aufgefallen in einer Erzählung von Natalia Baranskaja, die »Woche um Woche« heißt und die Helen von Ssachno in einer Anthologie Anfang der siebziger Jahre zum ersten Mal herausgebracht hat; diese Erzählung ist um 1967/68 entstanden. Es ist die Geschichte einer Frau, die verheiratet ist und zwei Kinder hat, in einem Institut arbeitet und ein ungeheuer hastiges Leben führt, immer in Not, ob sie die Einkäufe für die Kinder auch erledigen kann. Da wird Alltagsrealität gezeigt, und zwar kritisch. Es läuft da so eine Art Fragebogenaktion, wobei ganz deutlich wird, daß es einen offiziellen Bereich gibt, in dem diese Realität ignoriert wird. Zugleich wird deutlich, daß es eben auch diese Realität gibt. Damals – es gibt noch andere Beispiele: Erzählungen von Woinowitsch, Kornilow – wurde mir ganz klar, daß Sie gelesen worden waren, daß literarische Intentionen in die durchaus legale, in der Sowjetunion anerkannte, gewollte Literatur einflossen, die vom sozialistischen Realismus, von Belehrung, von Anpassung überhaupt nichts spüren ließen, sondern sich mit der Realität auseinandersetzten. Haben Sie das auch verfolgt?

*Böll:* Nein, das kann ich gar nicht beurteilen. Ich habe das zwar in einigen Andeutungen gehört von jüngeren Kollegen – so ungefähr die Generation der jetzt Vierzig- bis Fünfzigjährigen. Ein sowjetischer Autor, den ich vor zehn Jahren kennengelernt habe und der auch noch dort lebt – kein sehr bekannter –, hat mir gesagt, daß ich sogar Einfluß auf die Entwicklung des sozialistischen Realismus gehabt habe. Er hat mir das auch erklärt, und zwar merkwürdigerweise an einem Buch wie dem »Irischen Tagebuch«. Diese Art von Reisereportage oder als Kurzgeschichte verkleidete Landschafts- und Landbeschreibung hat offenbar einen sehr großen Eindruck gemacht, einen stilistischen Einfluß gehabt auf die Veränderung des sozialistischen Realismus in der Sowjetunion. Dieser Autor hat mir das genau erklärt und mir auch gesagt: Ich habe Sie tüchtig beklaut und so … Ich habe dann darüber nachgedacht, und es hat mir eingeleuchtet, daß das – sagen wir – eine Form des Realismus ist, der – in dem Buch gar nicht so kraß – möglicherweise in der Sowjetunion etwas anregte, das sich nicht entfalten konnte. Es kann sein, ich bin da nicht so informiert, das müßten die Slavisten herauskriegen.

*Vormweg:* Aber diese Anregung hat, nach dem wenigen, was ich kenne, speziell damals vor fünfzehn bis achtzehn Jahren, offensichtlich eine Art Erosion bewirkt, obwohl Sie vorhin schon sagten, daß es selbst in der spätstalinistischen Periode nicht nur den platten sozialistischen Realismus gegeben habe, sondern durchaus von der Überzeugung, vom Sich-Einsetzen für ein neues Menschenbild her einen menschlich-literarisch glaubwürdigen Realismus. Aber jetzt trat doch etwas dazu, einmal die Veränderung in der literarischen Wahrnehmung der Wirklichkeit und gleichzeitig damit ein kritisches Verhalten gegenüber den Strukturen, gegenüber den hierarchischen Voraussetzungen des Lebens.

*Böll:* Ich glaube, da läßt sich einiges erklären. Meine katholische Prägung hat viele Kollegen in der Sowjetunion an ihre Prägung erinnert, ob orthodox oder stalinistisch oder dogmatisch in irgendeiner Form. Das Überraschende war für mich, daß ein Roman wie »Ansichten eines Clowns«, der hier nur politisch gesehen worden ist – das Literarische, möglicherweise Poetische daran hat keinen interessiert, weil sie alle verletzt waren –, sehr viel Einfluß gehabt hat und merkwürdigerweise in der Sowjetunion überhaupt nicht politisiert worden ist. Man hätte ja denken können: Da haut er wieder auf die Bundesrepublik drauf, das ist ein Triumph! Das ist nicht passiert. Das Merkwürdige war, daß der Roman fast nur religiös interpretiert worden ist; es gibt da fantastische Analysen von sowjetischen Religionswissenschaftlern. Man hat die hierarchische Struktur des Nachkriegskatholizismus, seine politische Wirkung – es ist ja eigentlich ein Roman über das Ende der Adenauer-Ära – unmittelbar auf sich bezogen, gar nicht in Form einer Polemik gegen die Bundesrepublik, sondern man hat die eigene Struktur und die eigenen Zwänge daran erkannt. Ich habe von Jewtuschenko gehört, daß man in der Roten Armee über »Ansichten eines Clowns« ganze Diskussionsabende veranstaltete.

*Vormweg:* Das ist sehr aufschlußreich ...

*Böll:* Ja, mich hat das interessiert, weil ich mir denke, daß es mit meiner – sagen wir – katholischen Prägung oder mit der von Hierarchie oder Antihierarchie bestimmten Darstellungsweise, die auch in Kurzgeschichten bemerkbar ist, zusammenhängt, daß da Berührungen entstanden sind.

*Vormweg:* Eine erlebbare, vergleichbare Spannung ...

*Böll:* Ja, und auch Identifikationsmöglichkeit. Das sitzt sehr tief in einer jüngeren sowjetischen Generation von Autoren: Kornilow, Woinowitsch und auch Aksenow. Ich bin eigentlich sehr froh darüber, daß man via Literatur und mißverständlicher Übersetzung auf diese Weise in ein Land eindringen kann.

*Vormweg:* Und das alles innerhalb der legalen Literatur?

*Böll:* Vollkommen legal! Obwohl – Kornilow und Woinowitsch sind nicht mehr legal, erscheinen nicht in der Sowjetunion, sind auch aus dem Schriftstellerverband ausgeschlossen. Aber ich glaube, wir sollten über die noch reden, auch über einen Autor wie Rasputin, der auch legal publiziert und innerhalb einer alten russischen Tradition sogenannte Literatur des Dorfes schreibt.

*Vormweg:* Wir sollten es uns noch ein wenig aufbewahren. Es ist vielleicht nicht unwichtig, zunächst einmal zu versuchen, die sowjetische Nachkriegsliteratur zeitlich ein wenig zu systematisieren, zu sagen, wo gewisse Brüche, Umbrüche, Neuentwicklungen stattgefunden haben. Ich darf Ihnen zeigen, wie sich mir das darstellt, und vielleicht können Sie das ein wenig kritisieren. Ich glaube, man kann schon, trotz aller Einschränkungen, von einer stalinistischen Spätzeit sprechen, die insgesamt bis 1956 gereicht hat und in der tendenziell, teils aus Überzeugung, teils aus Anpassung, doch vielleicht der Schriftsteller als eine Art staatlich angestellter Ingenieur der Seele zu funktionieren versuchte.

*Böll:* Das trifft auf einen großen Teil zu ...

*Vormweg:* Und dann folgt 1956 – in ihrer Bedeutung recht bald erkannt, auch hier im Westen, in der Bundesrepublik: Chruschtschows Entstalinisierungsrede. Sie hatte Konsequenzen. Sie führte nicht nur zum Erscheinen des »Iwan Denissowitsch« von Solschenizyn, sondern brachte ein Tauwetter, Anzeichen für eine Befreiung der Literatur, die dann schließlich einen ausgesprochen restriktiven Kurs bewirkten. Aber der blieb zugleich, wie wir vorhin schon angemerkt haben, doppeldeutig. Die legale Literatur nahm viele Möglichkeiten des Darstellens und Erzählens, der Kritik auf, die man vielleicht sonst nur bei Dissidentenliteratur vermutete. Dieser doppeldeutige Kurs – man könnte sogar sagen, daß er sich fortgesetzt hat bis hin zu Biermann, Jürgen Fuchs, Sarah Kirsch – ist in gewissem Sinne noch nicht zu Ende und hat innerhalb der sozialistischen Gesellschaften, der realsozialistischen Gesellschaften, doch einiges bewirkt. Das möchte ich festhalten, daß sich neben der dann sich langsam scheinbar verselbständigenden Dissidentenliteratur trotz aller Restriktionen doch eine erstaunliche Lockerung innerhalb der legalen Literatur der Sowjetunion durchgesetzt hat, und hier ist für mich heute vor allem das Beispiel Jurij Trifonow und das andere Beispiel, das Sie nannten, Rasputin, von dem ich allerdings weniger weiß.

*Böll:* Ich habe zwei Bücher von ihm gelesen. Das kann man Literatur des Dorfes nennen, zum Beispiel »Die letzte Frist« – dies habe ich noch besonders in Erinnerung. Da wird das Leben in einem Dorf geschildert anläßlich einer sterbenden Großmutter. Die Kinder kommen alle aus der Stadt und so weiter. Da muß man eigentlich staunen, daß das erscheinen durfte. Denn da wird so wenig Positives über ein sowjetisches Dorf geschrieben, vergleichbar Trifonow, seiner Literatur der Stadt im Gegensatz zur Literatur des Dorfes; Rasputin ist durchaus auf dieser kritischen Ebene. An solchen Beispielen wird die Zufälligkeit der Literaturpolitik sichtbar, die Twardowskij versucht und bis zum Scheitern betrieben hat; man muß ihn nennen, er hat die wichtigste Rolle gespielt, und man hat einen Zipfel Freiheit gezeigt. Man wollte diesen Herrn sofort wieder zurückziehen oder zudecken, doch da war es zu spät. Dann haben viele Menschen angefangen zu schreiben. Wir wissen gar nicht, was alles geschrieben wird in der Sowjetunion, was wir nie zu Gesicht bekommen, was nicht einmal im Samisdat erscheint. Ich habe einmal einen jungen Autor kennengelernt, der ganz auf die konstruktivistische Tradition zurückgeht, ein junger Mensch, so sechsundzwanzig, siebenundzwanzig, der sagte, für uns ist sogar der Samisdat zu etabliert, das ist schon Establishment. Diese Bemerkung hat mich nachdenklich gemacht und auch besonders traurig, daß ich nicht Russisch lesen kann – vielleicht werde ich es noch lernen –, denn dann hätte man Manuskripte einsehen können. Was da alles unterhalb des etablierten Samisdat, unterhalb der legalen kritischen Literatur und außerhalb der Dissidentenliteratur passiert, können wir gar nicht ahnen. Man muß dabei auch erwähnen, daß der gleiche Vorgang natürlich in der Malerei stattfindet, in der Bildhauerei. Solche Dinge bewegen sich parallel oder gleichzeitig. Das werden wir vielleicht in zehn, zwanzig Jahren erfahren. Da sitzt irgendeiner in Sibirien oder auch in Moskau in einer kleinen Wohnung und schreibt und schreibt. Wir erfahren es nicht, wir erfahren nur das Etablierte und das, was uns vom offiziellen Establishment vorgelegt und was davon dann noch übersetzt wird; die Einschränkung ist also sehr groß. Wir reden eigentlich immer nur über die Oberfläche und über das, was wir halbwegs zutreffend analysieren können.

*Vormweg:* Demnach eine große Gesellschaft, die sich in jetzt sechzig Jahren entwickelt hat und die vielfältig und verästelt eine breite Literatur hervorbringt, von der wir sehr wenig wissen. – Noch etwas anderes. Ich habe vor kurzem gelesen, daß in der Sowjetunion – anders als im Westen – eine Entwicklung stattgefunden habe, welche die Literatur in gewissem Sinne in die Rolle gebracht habe, die für uns immer mehr die Politik angenommen hat: die Literatur werde mit einer Aufmerksamkeit verfolgt, in den literarischen Diskussionen bewege sich da so viel wie in Westeuropa oder auch in den USA in der Politik. Die Literatur habe deshalb auch eine gesamtgesellschaftlich viel gewichtigere, vielseitigere Rolle als die Politik, das heißt die offizielle Politik.

*Böll:* Das entspricht der russischen Tradition. Die großen Autoren des 19. Jahrhunderts sind wirklich bekannt. Die Leute kennen sie. Die Tradition des Befreienden von Puschkin bis Solschenizyn ist so selbstverständlich, daß das alles immer unmittelbar mit Politik zusammenhängt, mit Lokalpolitik, mit Kommunalpolitik, mit Regionalpolitik. Wenn wir das voraussetzen, können wir auch verstehen, mit welch einer Ängstlichkeit die Verbände – der Malerverband, der Schriftstellerverband, der Komponistenverband, es gibt großartige junge moderne sowjetische Komponisten – an alten Ladenhütern hängen, ideologischen und solchen im wörtlichen Sinne. Wenn das aufbricht, wenn das wirklich frei wird, dann fände eine Veränderung statt, ich glaube nicht, eine Revolution im uns überkommenen Sinne, aber eine innere Befreiung, die natürlich verhindert werden soll durch die Funktionäre. Diese haben auch ganz kraß materielle Gründe, sind privilegierte Leute, eine riesige Prälatenschaft mit Pfründen, die eine Reformation zu fürchten hätte. Es ist nicht nur das Ideologische, sondern auch das Materielle, praktisch fast Korrupte am System, das sich so auswirkt.

*Vormweg:* Dann muß man aber doch überlegen, woher es wohl kommt, daß diese Gesellschaft in der Sowjetunion, die vor sechzig Jahren gegründet worden ist, neben der Prälatenschaft, neben diesen Funktionärclans eben doch zugleich – und das wäre doch etwas ausgemacht Positives, ein Erfolg, der nur offiziell nicht anerkannt wird – diese Lebendigkeit und Vielfalt im literarischen Bereich hervorgebracht hat. Ich habe eine Ausstellung sowjetrussischer Malerei gesehen, die einerseits recht naiv, aber andererseits das Spektrum einer unwahrscheinlich großen Produktivität war, wenn man etwas über die Bilder hinausguckte, wenn man nachlas, woher die Bilder kamen, wie sie entstanden waren, zum Beispiel, wenn man hörte, daß es in der Sowjetunion 10 000 Malgruppen in den Betrieben gibt, die offiziell gefördert werden. Offenbar bewegt sich dann in der sowjetrussischen Literatur doch auch so etwas Ähnliches, zu dem uns vermutlich der Zugang weitgehend verstellt ist ...

*Böll:* ... im Augenblick sicher. Wir kriegen es gar nicht zu Gesicht, weil eben auch gewisse Rivalitäten in allen Gruppen herrschen und jeder so seinen Favoriten hat. Da ich es nicht am Manuskript beurteilen kann, bin ich auf Auskünfte dieser Art angewiesen, die ich dann mit einer gewissen Skepsis entgegennehme.

*Vormweg:* Sie haben auf Ihren Reisen nie oder jedenfalls nicht so, daß Sie es verallgemeinern könnten, einmal Kontakt mit dieser breiten Bewegung bekommen?

*Böll:* Gelegentlich schon. Es ist sehr schwierig. Ich werde auf allen Reisen, die ich seit vier, fünf Jahren gemacht habe, auf Schritt und Tritt bewacht! Das Problem ist nicht, daß ich mich gefährdet fühle, ich habe nichts zu fürchten, aber man gefährdet die Leute, die man möglicherweise aufsucht. Da ist eine Einschränkung, die ich nicht aufgeben möchte, weil ich nicht anderer Leute Risiko übernehmen kann. Meine Möglichkeiten, mich über diese, sagen wir: verborgene Bewegung zu informieren, sind sehr gering. Ich kann es nur ahnen und mir mit einer gewissen Phantasie vorstellen, was da so alles passiert in irgendwelchen Ecken, Stuben und Provinzen. Genaues, statistisch Nachweisbares kann ich nicht von mir geben, ich kann mir nur denken, wenn das so und so ist, dann lernen sie schon mal einen jungen Autor auch im Schriftstellerverband kennen, mit dem man sich in eine Ecke setzt und der so einiges andeutet, mehr nicht. Ich nehme aber an, daß diese große Befreiungsbewegung innerhalb der Literatur in vielen Zirkeln und Stuben und Hinterzimmerchen stattfindet, vielleicht sogar in Betrieben, das kann ich nicht beurteilen.

*Vormweg:* Einen Gedanken möchte ich noch einmal aufgreifen. Sie sagten vorhin, Sie hätten mit einem jüngeren Autor gesprochen, der gesagt hat, Samisdat ist uns schon viel zu etabliert, und er hat sich, wenn ich mich recht erinnere, auf Chlebnikow bezogen ...

*Böll:* Ja, es gibt eine Bewegung in der Malerei in der Tradition Malewitsch, also Konstruktivismus, und in der Literatur offenbar auch.

*Vormweg:* Es wird auch offiziell nicht mehr so mißtrauisch betrachtet ...

*Böll:* ... es wird nicht verfolgt. Da diese Autoren auch zum Teil keinen Wert darauf legen, in den Schriftstellerverband zu kommen, läßt man sie auch mehr oder weniger in Ruhe. Ich kann das daran ablesen, wenn ich mir vorstelle, wie viele es gibt, die die fotokopierte Ausgabe von Chlebnikow – russisch in einem deutschen Verlag erschienen – haben wollten; ich habe sie schon etliche Male auf Bitten dorthin geschickt, ganz offiziell, ohne Hintertürchen. Das läßt mich wieder ahnen, daß das Interesse und die Anknüpfung an diese postrevolutionäre Epoche – so Anfang der zwanziger Jahre – bewußt vollzogen wird; auch bei Malern habe ich das festgestellt, bewußt als

nachrevolutionäre Bewegung – es war eine Bewegung innerhalb der Sowjetunion. Diese ganze Tradition ist kaputtgemacht
worden. Die Bilder aus dieser Epoche liegen in den Kellern. Da
können sie Glück haben, und ein Direktor sagt: »Kommen Sie,
ich zeige Ihnen mal was.« Das wird sonst nicht gezeigt, da wird
das betrieben, was ich in einem anderen Zusammenhang permanente Vorenthaltung nannte. Auch die eigene Tradition
wird durch diese Leute totgeschwiegen.

*Vormweg:* Andererseits hat dieser formalistische Ansatz
doch auch – das kann ich aber nur als Vermutung äußern, weil
ich nur aus zweiter Hand Bescheid weiß – einen gewissen Ein-
gang in die offizielle Literatur gefunden, denn Katajew kann
man nicht als einen Inoffiziellen und nicht als einen Samisdat-
Autor bezeichnen. Er ist ein sehr betagter Mann und ist immer
noch ein Repräsentant. Sein Alterswerk habe ich nach den
Beschreibungen ein wenig verglichen mit dem Alterswerk von
Heinrich Mann, in den experimentellen Ansprüchen, in dem
Interesse für die kleinsten Facettierungen innerhalb eines sehr
urbanen Zusammenlebens und so weiter. Dieser formalistische Ansatz ist offenbar doch auf dem Wege, die sowjetische
Literatur als Ganzes zu beeinflussen und von da aus dann rück-
wirkend in der allgemeinen Vorstellung und auch für die Pra-
xis der Schriftstellerverbands-Autoren zu verändern. Ist das
Phantasie, was ich jetzt entwickelt habe?

*Böll:* Nein! Es gibt ja das Beispiel Trifonow, der, soviel ich
weiß, keine gravierenden Schwierigkeiten hat. Es ist so schwierig zu definieren, was in diesen Verbänden passiert. Da gibt es
alles! Sie können es vielleicht vergleichen mit bestimmten Vorgängen in Kirchen vor der Reformation, auch nachher. Es wird
vieles geduldet, auch deshalb, weil man die Auslandsreaktio-
nen fürchtet. Deshalb ist es sehr wichtig, nicht mit Holzhäm-
mern, nicht mit Propagandaklischees auf diese jüngere, neuere
sowjetische Literatur zu reagieren. Das ist auch für die Autoren
wichtig, die das sehr genau verfolgen, für die eine Rezension
hier ungeheuer wichtig ist, wenn sie nicht diese, sagen wir mal,
ZDF-Magazin-Töne anschlägt. Das ermutigt sowohl die Auto-

ren wie die Redakteure. Es gibt in den sowjetischen Verlagen genauso viele vernünftige intelligente Menschen wie hier, die versuchen, den Twardowskij-Weg zu gehen. Die sollte man nicht durch plumpes Propaganda-Getöne entmutigen und auch nicht zwingen, sich feiger zu verhalten als unbedingt nötig. Das ist sehr wichtig, die Reaktion im Westen und natürlich auch der Erfolg im Westen.

*Vormweg:* Ja, auf diesen Punkt sollte ich doch noch einmal kommen, der in der allgemeinen Vorstellung bis heute die wichtigste Rolle spielte, nämlich auf dieses Phänomen der Spaltung der sowjetrussischen Literatur. Nach allem, was Sie jetzt gesagt haben, ist es ganz offensichtlich nicht richtig, von einer Dissidentenliteratur hier und einer legalen Literatur da zu sprechen. Man könnte fast sagen, daß sie zwei Seiten ein und derselben Medaille darstellen. Mir geht es so, wenn ich zum Beispiel an den Dissidenten Maximow denke. Von ihm habe ich mit großem, mit wachsendem Widerstreben den Roman »Die sieben Tage der Schöpfung« gelesen, der vor einigen Jahren deutsch erschienen ist. Ich kann nur gestehen, wenn ich Lektor in einem hiesigen Verlag wäre und dieses Manuskript hätte mir vorgelegen, dann hätte ich dringend davon abgeraten, es zu drucken. Ich könnte mir in diesem Fall sogar vorstellen, daß qualitative Erwägungen diesen Druck und den anderer Romane von Maximow in der Sowjetunion verhindert haben, denn das machte auf mich den Eindruck eines sozialistischen Realismus, der einfach nur auf ein anderes Idealbild zeigte und deshalb nicht zutreffender wurde, der Wahrheit, der Realität nicht näher kam. Wenn ich – Sie haben es eben schon gesagt – Trifonow lese: »Zwischenbilanz«, »Das andere Leben«, »Das Haus an der Moskwa« – das ist eine originale Literatur, ein humaner Realismus, der die feinsten Differenzierungen menschlicher Lebensabläufe zu verdeutlichen versteht, der eine erstaunliche Weite hat im Wahrnehmen psychischer Abläufe und erstaunlich reich ist in der Darstellung der menschlichen Empfindungsfähigkeit, völlig unabhängig von irgendwelchen Prämissen und Vorurteilen ...

*Böll:* ... also mehr Turgenjew, auch Tschechow. Ich glaube, da müssen wir noch ein Begriffspaar hinzunehmen, das sehr wichtig ist, das des Westlers und das des Anti-Westlers, eine alte Spaltung. Wobei natürlich Trifonow ein Westler ist im klassischen Sinne, während Maximow, klischiert ausgedrückt, übertrieben, ein Anti-Westler ist. Wenn Sie »Quarantäne« gelesen haben sollten, seinen zweiten Roman, der hier im Westen erschienen ist – da gibt es beängstigende Metaphysismen, Stalin als eine fast notwendige Gottesgeißel ... Aber man muß ihm auch gerecht werden. Er hat in der Sowjetunion, im Samisdat, für viele junge Leute, die ihn im Manuskript gelesen haben, eine große Rolle gespielt.

*Vormweg:* Wenn man aber von der Bedeutung, Wirkung, Rezeption der Literatur ausgeht, so ist es doch nach allem, was wir bis jetzt besprochen haben, auf jeden Fall sehr fragwürdig, wenn nicht falsch, weiterhin polarisierend von der Dissidentenliteratur und der legalen Literatur innerhalb der Sowjetunion zu reden. Die Literatur der Dissidenten wird nun mehr, immer mehr im Westen entstehen und dadurch auch ein anderes Gesicht annehmen, fürchte ich; die einzelnen sind zum Teil in einer sehr schlimmen Situation. Neben dem Interesse für diese Literatur sollte die Aufmerksamkeit für die innerhalb der UdSSR entstehende Literatur noch zunehmen.

*Böll:* Ja, ich glaube, der bis zu einem gewissen Zeitpunkt übliche Qualitätsmaßstab: Dissidenten gut, Autoren, die in der Sowjetunion leben, schlecht, war nie berechtigt. Dieses Klischee hat man auch aus kommerziellen, aus spekulativen Gründen zu bilden versucht; das sollte man nie vergessen, wieviel verlegerische materielle Spekulation dabei mitgespielt hat.

*Vormweg:* Entspricht die etwa ein wenig der Spekulation der Funktionäre?

*Böll:* Vielleicht können die sogar mitspekulieren, das weiß ich nicht. Das müßte man wieder gesondert analysieren, mit welch einer Gier und Geilheit sich hier die Verleger um die illegalen Manuskripte gerissen haben. Da ist auch manches falsche Urteil entstanden, weil die meisten Leute die Bücher gar nicht lesen, sondern nur über sie lesen, und dann wird das in dritter und vierter Hand sofort zum Propagandaslogan. Das Urteil: »Die ist gut, die ist schlecht« trifft auf keine der Gruppen zu. Es gibt sehr gute Dissidentenliteratur, wie wir wissen, und auch sehr gute Literatur, die in der Sowjetunion legal publiziert wird.

*Vormweg:* Aber die Verleger reißen sich noch immer nicht um sie ...

*Böll:* Es gibt eine neue Welle, ich weiß nicht, wie ich sie bezeichnen soll; man bemüht sich doch jetzt sehr um in der Sowjetunion lebende und publizierende Autoren, Gott sei Dank.

# Weil die Stadt so fremd geworden ist ...
# Leben und Literatur am Rhein

Dezember 1977

*Vormweg:* Vor Jahren hat François Bondy, der über so was
Bescheid weiß, das Café Reichard am WDR in Köln einmal als
legitimen Nachfolger des Pariser Literatencafés Aux deux
Magots bezeichnet. Es gibt also inzwischen literarischen
Betrieb in Köln. Als Sie anfingen, Herr Böll, war das völlig
anders, und über diese Entwicklung möchte ich gern mit
Ihnen sprechen. Haben Sie sich nicht, als Sie 1946/47 Ihre
ersten Erzählungen schrieben, als Außenseiter und Einzelgänger in Ihrer Heimatstadt gefühlt? Außenseiter in einer noto-
risch a-literarischen Stadt – denn a-literarisch war Köln, waren
die Rheinlande doch bis dahin aus Tradition ...

*Böll:* Außenseiter und Einzelgänger war fast jeder, der
damals in Köln lebte, 1945, nicht nur der Literat und poten-
tielle Literat. Es war da ja erst mal in einer völlig zerstörten
Stadt zu versuchen, Nachbarschaft und Freunde wiederzufin-
den. Ich habe eigentlich das literarische Leben in der Stadt
Köln, wie jetzt Bondy das – wie ich finde – etwas euphemi-
stisch darstellt, nie entdeckt.

*Vormweg:* Ja. Er hat es auch sehr ironisch gesagt.

*Böll:* ... bis heute nicht entdeckt. Was mich immer wieder
erstaunt hat. Ich habe natürlich Kollegen hier, Freunde sind
hier, Verlage sind hier, und es müßte sich ja eigentlich ein stän-
diges oder gelegentliches Treffen herausbilden. Das ist nie
geschehen, obwohl wir – wir, sage ich, auch Freunde, Bekannte
von mir – immer gedacht haben: Wir leben alle hier, aber wir
sehen uns selten, es ist alles so disparat, wir müssen das organi-
sieren oder etwas improvisieren. Es ist nie dazu gekommen;
man trifft sich eben nur bei professionellen Gelegenheiten,
sagen wir: bei einem Gespräch im Rundfunk oder bei einer

Diskussion, jedenfalls nur bei Veranstaltungen. Nie, fast nie außerhalb des Professionellen; man besucht sich natürlich gegenseitig, wenn auch nicht sehr häufig. Ich kann mir das nicht erklären. Ich weiß nicht, ob es mit Köln zu tun hat. Ich höre es von Frankfurt oder München ähnlich. Man denkt immer, da hocken die alle, die treffen sich dauernd. Das trifft nicht zu. Ich vermute, daß solches Leben: Literatencafés, permanente Treffpunkte, wo man also sagen kann, wenn ich dahin gehe, treffe ich wenigstens einen oder zwei garantiert, wenn ich Glück habe sogar fünfzehn, die gibt es nur in Hauptstädten. Nur in klassischen Hauptstädten bildet sich das. Ich vermute, das gibt's in Washington nicht, aber in New York. Und ich weiß nicht, wieviel das mit Köln zu tun hat, dieses – sagen wir – Disparate. Und leider haben auch die kulturproduzierenden Industrien wie Funk, Fernsehen das nicht erreicht, außerhalb des Professionellen, daß man sich so einfach trifft und redet über Gott und die Welt und Kinder und auch ein bißchen Klatsch ohne den direkten professionellen Zusammenhang.

*Vormweg:* Aber dennoch, meine ich, gibt es einen Unterschied gegenüber der Zeit kurz nach dem Krieg nicht nur, sondern gegenüber der Geschichte der Rheinlande und auch Kölns. Denn vorher und zu der Zeit, als Sie anfingen, da gab es ja auch keine Autoren hier. Daß es bis heute kein literarisches Leben in dem Sinne gibt, das trifft zu. Aber inzwischen braucht man doch schon beide Hände, um jedenfalls die Namen der Autoren aufzuzählen, die etwa in Köln leben.

*Böll:* Ja, sehr viele. Wenn Sie alle Kritiker, Germanisten, Übersetzer, sagen wir: alles, was so zum literarischen Gewerbe gehört, hinzuzählen, ist das schon eine ansehnliche Kolonie. Deshalb verstehe ich bis heute nicht, daß es ein literarisches Leben nicht gibt. Ich fürchte, daß es eine Disparatheit ist unabhängig vom Literarischen. Daß unser ganzes Berufsleben, unser Erwerbsleben solche Art von müßigem Beisammensein nicht mehr zuläßt. Müßig also in dem Sinne, daß ein Treffen, ein Gespräch keinen professionellen Sinn hat, keinem Projekt dient, keinem Plan, sondern daß man sich einfach trifft. Ich weiß nicht, ob das in anderen Berufen anders ist.

*Vormweg:* Aber dieses andere Moment, daß bis zu Ihren Anfängen Schriftsteller hier im Rheinland eigentlich kaum gelebt haben. Maler wohl ...

*Böll:* ... und Kunsthändler, Kunstliebhaber, Musiker, Komponisten ...

*Vormweg:* ... aber Schriftsteller nicht. Inzwischen ist es aber so, daß ja doch sehr viele hier leben. Wie erklären Sie sich das?

*Böll:* Ich erkläre es mir durch die Anwesenheit der Kulturindustrie. Ich glaube, Rundfunkanstalten und eine Fernsehanstalt, Verlage, deren es einige mindestens mittlerer Größe und respektablen Ansehens in Köln gibt, ziehen an. Zunächst aus praktischen Gründen, weil man in der Nähe lebt, weil man beim Rundfunk als ständiger freier Mitarbeiter natürlich besser in Köln lebt. Ich kann mir das gar nicht anders erklären. Und dann hat diese Stadt durch diese kulturindustriellen Einrichtungen natürlich auch einen kulturellen Anspruch gebildet oder erworben, der wieder Leute anzieht.

*Vormweg:* Es sind also nach dem Zweiten Weltkrieg in dieser Stadt, im Land Schriftsteller aufgetaucht, weil sie berufliche Möglichkeiten hatten. Und Schriftsteller in beträchtlicher Zahl. Denn wenn man mal aufzählt, seit Heinrich Böll und Paul Schallück hier angefangen haben zu schreiben ...

*Böll:* Wir haben uns dann übrigens auch sehr früh kennengelernt, eben durch gemeinsamen Verlag und einige gemeinsame Aktivitäten außerliterarischer Art, haben uns auch oft gesehen und privat besucht, aber darüber hinaus hat sich nichts gebildet ...

*Vormweg:* Viele dieser Schriftsteller haben nun inzwischen Versuche gemacht – auch darin stehen Sie, Heinrich Böll, nicht mehr allein –, Köln, das Rheinland, ihre Umwelt literarisch zu vergegenwärtigen. Abgesehen von Ihren Romanen und einigen bei Schallück und früheren Büchern wie etwa Koeppens »Treibhaus«, das in Bonn spielt, hat Jürgen Becker dann seine »Felder« über Köln geschrieben, hat Rolf Dieter Brinkmann eigentlich alle seine Erzählungen und seinen Roman hier in Köln angesiedelt, Dieter Wellershoff hat vor allem in seinem ersten Roman ganz eindeutig Kölner Szenerie und so weiter. Das literarische Leben hat sich gesellig überhaupt nicht etabliert und hat im Geselligen auch wohl kaum rückwirken können auf das Leben hier. Hat aber nach Ihrem Eindruck, jetzt auch von Ihren eigenen Büchern her, diese Tatsache, daß das Rheinland literarisch Thema geworden ist, etwas fürs Rheinland bewirkt?

*Böll:* In welchem Sinne?

*Vormweg:* Haben die Menschen hier es wahrgenommen?

*Böll:* Das weiß ich nicht, was die Menschen hier wahrgenommen haben, sagen wir: von der Literatur, die immerhin hier ihren Boden hat, oder ihren Stoffen oder ihren Problemen. Das Überraschende war für mich, daß im Ausland zum ersten Mal das Rheinland überhaupt in der deutschen Literatur wahrgenommen wird durch verschiedene Publikationen, nicht nur durch meine. Und daß für die meisten Ausländer ein Klischee des Deutschen zerstört worden ist durch die rheinische Literatur. Nennen wir sie jetzt mal so. Das paßte überhaupt nicht ins Bild, das man von Deutschland hatte und von der deutschen Literatur. Es ging so weit, daß man mir gelegentlich gesagt hat: Du bist ja eigentlich gar kein Deutscher. Das Rheinland ist ja sowohl von Preußen nie so recht wahrgenommen worden wie vom Ausland. Für die Engländer – es gibt so ein paar Bemerkungen in der englischen Essay-Literatur über die Rheinländer – sind wir eine Art mißglückter Franzosen. Was nicht zutrifft. Wir sind ja wirklich Deutsche. Das ist sehr schwer klarzumachen. Ich will jetzt gar nicht auf den mir sehr verdächtigen rheinischen Humor kommen, aber diese Komponente in der deutschen Literatur, die hier ihren Boden hat, war für die Ausländer sehr überraschend. Wieweit die Rheinländer selber ihre Landschaft, ihre Probleme, ihren Stoff hier entdeckt haben, weiß ich nicht. Aber daß diese Literatur im Ausland Überraschungen hervorgerufen hat, weiß ich ganz genau. Von vielen Gesprächen, aus vielen Aufsätzen. Vor allen Dingen auch – und das ist wieder eine zusätzliche Komponente – glauben ja doch die meisten Ausländer, daß die Deutschen Protestanten sind. Das ist eine merkwürdige Sache. Ich habe da seltsame Dinge erlebt. Man glaubte mir einfach nicht, daß ich katholisch war und Deutscher; obwohl es statistisch niederschmetternd ist, wir haben ja, glaube ich, 25 Millionen Katholiken. Diese Variante oder Komponente des Deutschen war auch eine Überraschung für das Ausland. Natürlich weiß man, daß Bayern partiell katholisch ist und barock, aber das ist eine ganz andere Dimension. Hier ist ja kein barocker Katholizismus im Rheinland. Sehr interessant, da müßte man eigentlich viel analysieren: konfessionsgeschichtlich die Vermischung mit puritanischen Elementen und jansenistischen Zügen im rheinischen Katholizismus ...

*Vormweg:* Das ist ja hier doch ein Vermischungsland seit den Römern ...

*Böll:* Ja. Und über die Tatsache hinaus, daß das Rheinland in der Literatur auftaucht, war die konfessionelle Überraschung ebenso groß.

*Vormweg:* Vor vielen Jahren – ich glaube, da habe ich Sie das erste Mal gesprochen, es war bei einem Fernseh-Interview – haben Sie mir einmal erzählt, Ihnen sei nicht ganz klar, ob Heinrich Heine seinen Witz, seinen Scharfsinn und seine Chuzpe eventuell gar nicht von seiner jüdischen Herkunft her gehabt habe, sondern vielmehr aus dem Rheinischen. Sie haben eben vom Humor gesprochen, vom rheinischen Witz. Und da ist ja doch etwas Eigenartiges: dieses Moment – Sie haben auch mal über den Grieläcker geschrieben –, dieses Moment sehe ich eigentlich nur bei Ihnen. Oder täusche ich mich da? Mir fällt im Moment kein anderer Autor ein. Keiner von denen, die wir vorhin genannt haben, hat etwas davon.

*Böll:* Meinen Sie jetzt das Heinesche Element?

*Vormweg:* Das Witzige, das Doppeldeutige, den kritischen Humor ...

*Böll:* Ich habe Heine immer viel mehr als Rheinländer gesehen denn als Juden empfunden. Diese Mischung bei ihm aus Blasphemie und Frömmigkeit, sagen wir: Kevelaer-Element und auch Köln, die ist wahrscheinlich viel mehr rheinisch, als sie jüdisch sein kann. Das hat eine Tradition im Karneval, im nichtkommerziellen Karneval, der ja eigentlich immer eine Spottveranstaltung war, Verspottung der kirchlichen und weltlichen Obrigkeit, manchmal auf einem hohen satirischen Niveau. Ich erinnere mich, wenn ich als Junge ins Hänneschen-Theater ging, phantastische Stücke schon mit Satiren über Adenauer gesehen zu haben, schon 1930. Da steckte ein literarisches Element drin, das sich nur in der Pointe, in der kurzen Szene, in der Anekdote darstellte. Und vor langer Zeit – ich weiß nicht, wann, ich habe auch leider den Namen des Herrn vergessen – hat mir ein Bonner Germanist geschrieben, ich habe ihn dann auch besucht, der über meine Kurzprosa eine interessante Theorie entwickelt hatte, daß also meine Kurzgeschichten eigentlich mit dieser Anekdoten-Satire-Karnevals-Tradition zu tun haben.

*Vormweg:* Ja, das ist dieses eine Moment ...

*Böll:* Frivolität natürlich. Heine. Beides: Sentimentalität – Frivolität, Blasphemie – Frömmigkeit.

*Vormweg:* Das eine Moment ist, daß ich das auch in Ihren Erzählungen, auch in den Romanen – in manchen Erzählungen stärker, vor allem in den satirischen – sehr deutlich sehe. Und diese Interpretation liegt eigentlich nahe. Sie stimmen ja auch zu ...

*Böll:* Solche Dinge sind einem natürlich nicht bewußt. Aber es überlegt sich einer natürlich, wo er herkommt. Woher kommt es, und woher kommst du? Und dann leuchtet das ein. Auch die ganzen konfessionalistischen Auseinandersetzungen wie Reformation und Gegenreformation und Glaubenskriege – meine Vorfahren kommen alle aus der Ecke zur holländischen Grenze. Das ist sehr niederländisch bestimmt. Und auch »boschisch«.

*Vormweg:* Hieronymus Bosch.

*Böll:* Ja, ich glaube, daß das daher kommt. Man findet diese Mischung ja auch bei Breughel und anderen Malern. Vielleicht hat sich das bisher viel mehr in der Malerei ausgedrückt. Und die Malerei hat mich vielleicht viel mehr beeinflußt als die

Literatur. Die ständige, sehr interessierte, leidenschaftlich interessierte Begegnung mit der Kölner Malerei, nicht nur in den Museen, auch in den Kirchen, wo die Altargemälde hingen und auch zum Teil Tafelmalerei an den Wänden. Dieses merkwürdige Element, das es also zum Beispiel auch in Lochners »Weltgericht« im Wallraf-Richartz-Museum gibt. Da habe ich als Kind schon gesehen, wie die Päpste in der Hölle schmoren.

Mein Vater hat uns das immer gezeigt und gesagt, so und so viele Päpste in der Hölle und so und so viele im Himmel, und da ist wieder ein Bischof . . . Die Leugnung vorgesetzter Obrigkeit. Das sind wahrscheinlich alles rheinische Elemente, die bis dato nur in der Malerei vorhanden waren. Sehr realistisch, wenn Sie sich das Bild mal angucken, das ist niederschmetternd, wenn Sie denken: als Zehnjähriger sehen Sie das, streng katholisch erzogen, die Päpste in der Hölle, die Teufel hinter ihnen her . . .

*Vormweg:* Trotzdem ist auffällig, daß Sie in diesem Punkt als ein in Köln lebender Schriftsteller ziemlich allein dastehen. Denn diese Elemente, auch das Element des Humors, des Witzes, der Satire, der Aggression gegen Obrigkeit – die gibt es schon, aber dann in ganz ernsthaftem Tonfall, nicht diesem spielerisch witzigen, bei dem man sich auch wieder zurückziehen kann, dem Tonfall kleiner Provokationen . . .

*Böll:* . . . kleiner Ausbeuteleien . . .

*Vormweg:* Ja. Dieses Element Ihrer Literatur fehlt bei den recht zahlreich im Lande lebenden Schriftstellern eigentlich durchweg. Wie erklären Sie das? Hat sich die Literatur in Köln, im Rheinland eben nur angesammelt aufgrund der kulturindustriellen Voraussetzungen, die gegeben sind? Kommt sie weniger oder fast überhaupt nicht, eigentlich nur mit Ihrer Ausnahme, gleichzeitig auch aus der historisch bestimmten Umwelt?

*Böll:* Ich glaube schon. Und es kommt noch etwas hinzu. Wenn wir schon über Umfeld, Umwelt sprechen – der Niederrhein ist eine sehr melancholische Landschaft, und sie ist mir sehr viel vertrauter als die Kölner Fassade. Die Autoren, die jetzt alle hier leben, berechtigterweise natürlich, sind auch wohl jünger und gar nicht mehr geprägt von den Problemen, die mich möglicherweise geprägt haben und sehr entscheidend geprägt haben. Der Anti-Klerikalismus ist kein Thema mehr, verstehen Sie? Das war natürlich für meine Generation ein entscheidendes Thema. Und Auseinandersetzung mit Obrigkeiten überhaupt ist kein ernstes Thema mehr – es bleibt ein generelles Thema, aber nicht mehr auf eine schmerzliche Weise. Ich vermute, daß manches eben auch generationsbedingt ist. Ganz sicher. Für jemand, der heute 40 ist, ist das völlig gleichgültig, was der Bischof in Köln macht und tut. Während das in unserer Kindheit und Jugend in alles direkt reinstrahlte. Uns geprägt hat, für immer.

*Vormweg:* Eine Frage, die man in diesem Zusammenhang vielleicht stellen darf: Sie haben ja doch nicht erst nach dem Zweiten Weltkrieg angefangen zu schreiben?

*Böll:* Nein.

*Vormweg:* Haben Sie als Kind und als ganz junger Mann schon schreiben wollen, geschrieben?

*Böll:* Ja, ich habe angefangen zu schreiben – das kann ich ziemlich genau sagen, weil ich neulich mal alle meine ollen Klamotten durchgesehen habe – so mit 18, 19. Ich habe Gedichte geschrieben, sehr schwermütige, gar nicht heiter, und dann Kurzgeschichten. Ich habe auch einen Roman geschrieben, da war ich so 23, mit der Hand, schön unleserlich. Der Impetus war immer da. Während des Krieges hat sich das verloren. Es war einfach keine Gelegenheit, ruhig irgendwo zu sitzen. Ich habe viele Briefe geschrieben. Das hat sich dann in Korrespondenz ausgedrückt. Und nach dem Krieg dann sofort ...

*Vormweg:* Hatten Sie denn als Jugendlicher Anregungen zu schreiben? Woher kamen die?

*Böll:* Lektüre und Wunsch, sich auszudrücken.

*Vormweg:* Aber sonst aus der Umwelt heraus keine?

*Böll:* Nein, gar nicht. Ja nun ..., insofern schon: es wurde furchtbar viel diskutiert bei uns zu Hause. Das sind ja vorliterarische Stufen. Bis zum Exzeß, bis zur äußersten Frivolität, dann auch wieder mit Zurücknahmen wurde über Zeit und Zeitgenossen, Zeitgeschehnisse, auch über Bücher gesprochen und diskutiert. Ich sehe das schon als eine Einübung in literarische Ausdrucksmöglichkeiten. Aber sonst nichts.

*Vormweg:* Alle Ihre Bücher belegen, daß Sie im Grunde gar nicht anders schreiben können und wollen als aus der unmittelbaren Umwelterfahrung heraus. Sie haben eben schon darauf verwiesen, daß Sie ein stärkeres Heimatgefühl im Niederrheinischen haben. Ist denn Köln – Sie sind doch hier geboren, in die Schule gegangen –, ist Köln für Sie eine Heimat?

*Böll:* Es ist nicht mehr die Heimat, die es war. Dieses ungeheure Erlebnis heimzukehren, sagen wir: während des Krieges: Urlaub oder auch illegal mal nach Hause fahren, das Gefühl, über die Brücke zu kommen, die ja in meinen Arbeiten auch eine große Rolle spielt, die Rheinbrücke, von der rechten auf die linke Seite – das war schon noch Heimat. Während des Krieges, kurz nach dem Krieg auch noch. Aber das hat sich mir völlig entfremdet, alles.

*Vormweg:* Aber trotzdem, immer wenn Sie schreiben, selbst wenn es nicht lokalisiert ist, ist es doch ganz deutlich diese Umwelt, die Sie wahrnehmen, aus der Sie schreiben. Sie hat also ihre Bedeutung verändert?

*Böll:* Ja, für mich persönlich. Ich weiß nicht, wie das so in meinen literarischen Äußerungen aussieht oder wirkt. Das Entscheidende ist natürlich der Rhein, der mir auch immer noch vertraut und heimatlich vorkommt, trotz seiner Deformationen im chemischen Sinne. Ich habe eben den größten Teil meiner Kindheit oder auch Jugend am Rhein verbracht. Einfach am Rhein gesessen, den Schiffen zugeguckt und dieses – sagen wir: das Weltoffene an diesem Vorgang hat mich wahrscheinlich sehr beeindruckt und geprägt. Das ist das Entscheidende. Aber Köln hat ja – und das hat mich merkwürdig beeindruckt, ich habe das auch manchmal ausgedrückt – eigentlich keine Beziehung zum Rhein.

*Vormweg:* Das empfinde ich auch so. Man fährt am Rhein entlang ...

*Böll:* Der Rhein ist eigentlich der Stadt fremd geblieben. Wahrscheinlich ist der hier zu groß, und es gibt überhaupt kein vernünftiges Lokal am Rhein, außer ein paar in Rodenkirchen und früher in Deutz, wo man also am Fluß sitzen kann und Kaffee trinken, man guckt dahin ... Das ist merkwürdig in Köln, daß Rhein und Stadt sich nie genähert haben. Vielleicht hängt's mit den Hochwassern zusammen, daß man bestimmte Sicherheitsfelder brauchte, oder mit dem Verlust der Hafenfunktion. Köln hatte ja wohl im Mittelalter bis in die Neuzeit hinein einen ungeheuren Hafenbetrieb, vielleicht ist das dadurch abgestorben.

*Vormweg:* Aber es überrascht mich doch, daß Sie sagen, der Rhein habe für Sie eine solche Bedeutung gehabt. Ich verstehe es einerseits und kann es nachfühlen, aber als Ihr Leser habe ich den Eindruck, daß die Bedeutung für Sie einmal im Erlebnis der Straßen lag – nicht der Straßen als hohler Fassaden, sondern als belebter Straßen, als Straßen, in denen es hin und her ging – und zum anderen im halbanonymen Erlebnis der Leute innerhalb dieser Straßen und der Stadt. Das sind für mich die deutlichsten Momente, wenn ich von Ihren Erzählungen und Romanen ausgehe. Dabei hat die Erfahrung der Straßen, der Menschen nicht etwas emphatisch Gestimmtes oder überhaupt etwas Bejahendes, sondern etwas ungeheuer Beunruhigtes und Unsicheres. Und ich habe eigentlich darin – in der mitfühlenden, mitleidenden Wahrnehmung der Straßen und Menschen – den Bezug zur Stadt gesehen.

*Böll:* Ja, diesen Bezug gibt's auch. Der Rhein – vielleicht wird er noch in meiner Arbeit auftauchen – war eigentlich schon eine Absentierung von der Stadt. Sie kehren ja der Stadt den Rücken zu, wenn Sie am Rhein sitzen. Sie sehen sie gar nicht mehr, sie ist ja auch gar nicht bis an den Rhein vorgedrungen, von einigen Ausnahmen abgesehen, und dieses immer noch Elementar-Naturhafte des Rheins trotz Industrie, trotz Schiffsverkehrs hat mich eigentlich sehr angezogen und gleichzeitig Distanz zur Stadt verschafft.

*Vormweg:* Obwohl Sie diese Stadt so intensiv wahrgenommen und erzählt haben?

*Böll:* Ja, ich weiß nicht, es mag sein. Vielleicht hat sich das verändert, und jetzt ist der Rhein für mich so wichtig. Die Romane, die Sie meinen, die spielen so Anfang der fünfziger Jahre – seitdem hat sich Köln verändert. Es ist eigentlich eine Stadt fast wie jede andere geworden. Die Straßen gibt's nicht mehr, auf denen sich etwas abspielte, man kann nicht mehr auf der Straße spielen, nicht mehr spazierengehen in der Stadt. Vielleicht wende ich mich eben jetzt mehr dem Rhein zu, weil die Stadt so fremd geworden ist, ganz fremd bis auf ein paar Erkennungszeichen, ein paar alte Kirchen und hier und da mal ein Gebäude. Es gibt eben sehr viele Köln. In meiner Erinnerung drei, vier, fünf Köln, und das gegenwärtige ist mir schon durch den Autoverkehr fremd, völlig fremd. Ich finde die Stadt auch zerstört durch diese riesigen lauten Straßen. Da gibt es eben die Straße nicht mehr, die mich natürlich geprägt und beeindruckt hat. Die Überquerung einer Straße ist schon ein Abenteuer und ein gefährliches. Das hängt auch mit dem Alter zusammen, natürlich. Es wird einem alles fremd.

*Vormweg:* Haben sich die Menschen auch so stark verändert?

*Böll:* Notwendigerweise. Sie sind ja geprägt von dem neuen Straßenbild und Straßenleben, ihr Verhalten ist ja ganz anders. Wenn ich mir vorstelle – ein Bild aus meiner Kindheit: die Leute saßen ja auf Stühlen vor ihrer Wohnung auf der Straße und plauderten und guckten sich an, was passierte. Das ist ja heute völlig undenkbar. Es hatte alles etwas Wohnzimmerhaftes, wie das in vielen niederländischen Städten auch war und ist. Das Leben spielte sich auf der Straße ab, so ein bißchen wie in Italien, mit einigen klimatischen Unterschieden natürlich. Und diese Straße und dieses Straßenleben, das hatte ja dann auch mit diesem Hin und Her zwischen Wohnungen und Lokalen zu tun. Das ist ja nicht mehr vorhanden. Köln hatte vor dem Krieg überhaupt nichts Cityhaftes. Es ist jetzt eine City: Banken, Läden, abends zu, da kommen eben ein paar Leute, gehen spazieren, gehen Kaffee trinken oder Bier trinken, aber es ist kein Straßenleben im originalen Sinne. Sie wohnen nicht mehr da. Es wohnen kaum Menschen in der sogenannten Altstadt, und die Versuche, das künstlich wiederherzustellen, mißlingen. Eine Fußgängerzone zum Beispiel ist ja schon ein künstlicher Versuch, wieder Leben zu erwecken, und er wird nicht gelingen, wenn die Menschen nicht da wohnen. Einfach mal aus der Tür auf die Straße gehen und gucken, Zeitung, Zigaretten kaufen, plaudern mit dem Nachbarn, das gibt's nicht mehr.

*Vormweg:* Können Sie sich Bedingungen vorstellen, unter denen sich das noch einmal reparierte?

*Böll:* Nein, ich glaube, daß unsere ganze Zivilisation autobestimmt ist, wie auch unsere ganze Wirtschaft autobestimmt ist. Und das Auto ist ja ein Isolationsinstrument, kein Kommunikationsinstrument. Ich kann die ökonomischen Konsequenzen für das eine oder andere gar nicht ermessen oder erwägen, aber alle Städte der Welt werden durch Autos zerstört, auch Rom, Paris, London. Eigentlich sind wir autoverurteilt. Egal, wie man das auffaßt. Da kann sich Köln nicht ausschließen.

*Vormweg:* Die sinkenden Ölvorräte werden dem aber einen Riegel vorschieben.

*Böll:* Das glaube ich nicht, da werden die was anderes finden oder erfinden. Übrigens habe ich auch ein Auto, das wollen wir doch betonen, daß ich mich gar nicht ausnehme, – aber das läßt diese Art von Stadtleben auch gar nicht mehr zu. Wenn man dann künstliche Zonen schafft, belebt man eine Stadt nicht. Die Menschen müssen da wohnen können.

*Vormweg:* Eine Frage hätte ich noch: Sie leben in Köln ...

*Böll:* Ja. Aber ich bin nicht sehr oft hier. Das hat gar nichts mit Köln zu tun, das hat wieder viele andere Gründe, weil ich hier nicht in Ruhe arbeiten kann. Aber mein Wohnsitz ist Köln. Nicht mein erster, mein zweiter ...

*Vormweg:* Und welcher ist Ihr erster?

*Böll:* In der Eifel. Ich bin also nicht mehr erstrangig Bürger der Stadt Köln. Das hat aber nichts zu bedeuten. Ich wohne und lebe in Köln.

*Vormweg:* Das wird sich auch sicherlich nicht ändern ...

*Böll:* Wahrscheinlich nicht. Mich lockt's nirgend wohin, weil alle Städte mir gleich fremd sind. Ob ich in München oder Frankfurt wäre oder in Stuttgart. Und fremd ist ja ein vieldeutiger Ausdruck mit vielen Dimensionen, metaphysischen Dimensionen, Dimensionen, die mit dem Altern zusammenhängen. Die Zivilisation wird einem fremd ...

# Haben wir unseren Kindern noch etwas zu sagen?

Oktober 1980

*Vormweg:* »Viele wollen nichts mit uns zu tun haben, weil sie uns nicht glauben.« Das hat vor der Bundestagswahl der damalige Hamburger Bürgermeister Hans-Ulrich Klose über die heutige Jugend gesagt. Er stand mit dieser Meinung nicht allein, und nicht nur Politiker machen Erfahrungen dieser Art mit jungen Menschen. Der Bruch geht offenbar so tief, daß man ihn nicht einfach mit dem guten alten Generationskonflikt erklären kann. Die Jungen glauben der älteren Generation nicht mehr, und sie fühlen sich von ihr im Stich gelassen. Ich meine, daß Sie, Heinrich Böll, gerade in dieser Sache einiges zu sagen haben. Vor allem Ihr letzter Roman »Fürsorgliche Belagerung« hat mich darauf gebracht. Die Hauptfigur, der alternde Presse-Industrielle Tolm, versucht ja darin immer wieder, die Jüngeren, seine Kinder und Enkel und deren Freunde, zu verstehen, besser kennenzulernen, die Wünsche und Vorstellungen, die nicht mehr die seinen sein können, zu begreifen. Ihnen noch etwas zu sagen, das allerdings versucht er, wenn ich mich richtig erinnere, kaum. Müssen wir, die Väter und Großväter – Mütter und Großmütter tun sich ja in dieser Sache meist sehr viel leichter –, müssen wir vor allem und zuerst und viel aufmerksamer als bisher den jungen Menschen zuhören? Leben sie in einer so anderen Welt, sind sie uns so fremd geworden, daß wir sie überhaupt erst einmal zu verstehen suchen müssen?

*Böll:* Zunächst zu der Anspielung auf den Roman. Die jungen Gestalten darin sind natürlich zum größten Teil Produkte meiner Phantasie, allerdings mit realen Elementen, wie ich sie als Zeitungsleser und Beobachter der zeitgenössischen Szene aufnehme, verarbeite, verwandle. Aber ich glaube, das Stichwort Phantasie ist sehr wichtig, will man einigermaßen verstehen, was da möglicherweise vor sich geht. Phantasie heißt ja auch, sich in jemanden reinversetzen. Und ich möchte Ihnen zustimmen, wenn Sie das Wort Fremdheit benutzen. Der Generationskonflikt, der alte überkommene, ist wirklich nicht die ausreichende Erklärung für diese Fremdheit. Wir haben den Konflikt gehabt mit unseren Eltern, unsere Väter haben ihn gehabt mit ihren Vätern, da kam Neues, und neue Ideen und Lebensvorstellungen prallten mit den alten aufeinander. Aber es gab doch noch immer eine Verständigungsbasis, auf der dieser Streit stattfinden konnte. Ich habe an irgendeiner Stelle des Buches den Ausdruck Satellitenkinder verwendet. Vieles an dieser sogenannten Jugend – ich sage das nicht abfällig, sondern weil Jugend ja ein sehr schwer definierbarer, ein schwer abgrenzbarer Begriff ist – ist mir fremd, als käme sie aus einer anderen Welt. Und herauszufinden, worin diese Fremdheit besteht, ist die eigentliche Aufgabe. Ich fürchte, daß wir, also meine Generation und die nächste schon, zu der Sie gehören, sogar noch die Vierzigjährigen, – daß wir im Rausch des sogenannten Aufbaus der Bundesrepublik nach '45, in dem wir alle befangen waren, Politiker wie Literaten, ich selber eingeschlossen, vergessen haben, diese Verständigungsbasis zu schaffen.

*Vormweg:* Kommt dieser tiefe Graben unter Umständen daher, daß die Zeit, in der man erwachsen wird, für das gesamte Leben die bestimmende Rolle spielt? Haben wir etwa den Wiederaufbau bei aller Absicht, es völlig anders zu machen, doch so angelegt, daß alles, was vorher war, dies ganze schlimme Erbe, mit in ihn hineingeraten ist? Wobei aber andererseits dieser Aufbau als ein demokratischer dennoch einer jüngeren Generation die Chance gegeben hat, ganz anders erwachsen zu werden und ganz andere Menschen zu sein. Hat es da eine so große Verschiebung gegeben, daß die Erinnerungen der Älteren gesellschaftlich einfach keine Bedeutung mehr haben?

*Böll:* Ich glaube, wir haben, ich beziehe mich da ein, nicht rechts und nicht links geguckt. Man könnte ganz frivol und ganz kühl sogar sagen, daß die ungeheure Energie, die der Faschismus und der Krieg mobilisiert haben, ob es nun die zerstörerische Energie war oder auch die ungeheuren Energien, die es ermöglichten zu überleben, die Vitalität und die Schläue, die zum Überleben gehörten, – daß wir diese Energien ganz direkt, ohne sie geistig oder weltanschaulich umzupolen, in den Wiederaufbau gesteckt haben. Sagen wir: der geistige Funke, der den Menschen über sich selbst erhebt, ich drücke das ganz bewußt pathetisch aus, ist nicht aufgetaucht. Weder in den Kirchen noch in den Parteien, im Grunde genommen in keiner Partei. Wir haben diesen Wiederaufbau – ich rede jetzt von der Bundesrepublik, aber bis zu einem gewissen Grade kann man die DDR einbeziehen – blindlings betrieben, während um uns herum die Welt mehr oder weniger kaputt ging. Schauen Sie sich an, was alle diese schlauen Erwachsenen rational in der Hand zu haben meinten. Ich erinnere mich noch an die Diskussion in den fünfziger Jahren, als man uns beizubringen versuchte, es könne gar keine Wirtschaftskrisen mehr geben, weil alles steuerbar sei, man alles manipulieren könne. Was ist denn aus dieser manipulierbaren Welt geworden? Man braucht ja nur an die Kriege zu denken, die inzwischen stattgefunden haben, die im Augenblick stattfinden. Gar nichts haben die Politiker in die Hand bekommen, und solch ein Widerspruch zerstört natürlich jegliches Vertrauen. Über dem allen haben wir – ich sage nicht *man,* ich beziehe mich ein – die Jugend zu sehr, grob gesagt, dem Markt überlassen. Und der Markt, der ja Grundprinzip unserer freien Wirtschaft ist und der sehr intelligent und sehr sensibel reagiert, hat ihnen das geboten, was ihnen gefiel und was weder Parteien noch Kirchen, noch Eltern ihnen bieten konnten: Jeans, Musik, Pop, Beat, Rock … Das ist ja eine gewaltige Industrie, der wir sie hilflos überlassen haben. Im Grunde genommen sind sie ja verkauft.

*Vormweg:* Ich möchte gerne noch mal ansetzen bei dem, was Sie eben gesagt haben über die Energie, die zum Überleben notwendig war in der Zeit, in der wir jung waren. Das ist, glaube ich, ein zentrales Moment, wenn wir heute danach fragen, ob wir den Jungen überhaupt noch etwas zu sagen haben. Denn diese Energie zum Überleben in dem Ausmaß, die brauchen sie nicht. Die junge Generation heute ist von der jungen Generation, die damals angefangen hat, die Bundesrepublik aufzubauen, offenbar durch einen ganz bestimmten Mangel an Energie unterschieden, durch ein die Älteren schockierendes Desinteresse. Da gibt es ja eine ganze Menge Theorien. Über Schlaffis sind im Laufe des letzten Jahres große Illustriertenberichte erschienen. Da gibt's die Spontis, die Popper, die Teds, die Punks und so weiter. Sind aber all die Kennzeichnungen eigentlich mehr als sehr vorläufige und fragwürdige, aber gut aufgeputzte Versuche, durch problematische Theorien einer noch völlig undurchschauten Sache beizukommen?

*Böll:* Hinter den meisten Bewegungen dieser Art, wie immer man sie auch benennt, vermute ich eine Sehnsucht nach mehr als Materiellem, eben nach dem Funken, wie ich es eben nannte, den keiner ihnen gegeben hat. Es kommt hinzu, daß die Wörter unglaubwürdig werden durch die, die sie aussprechen. Beispiel etwa: die Texte der Evangelien, die ja, finde ich, immer noch und immer wieder ungeheuer eindrucksvoll sind. Aber durch die Kirchen wahrscheinlich korrumpiert. Dasselbe gilt natürlich im politischen Bereich. Einen Weg zu finden, Dinge, die wert sind, überliefert zu werden, wieder aussprechen zu können in einer Form, die glaubwürdig ist, scheint mir das Wichtigste zu sein. Das betrifft das Religiöse, das betrifft das Politische, das betrifft auch das Ökonomische.

*Vormweg:* Sind es aber überhaupt noch die gleichen Dinge, also sozusagen die gleichen Tugenden und Ideale? Oder hat nicht die Notwendigkeit, es neu und glaubwürdig zu sagen, auch damit zu tun, daß man gerade auch diese Wahrheiten, diese Tugenden, das, was zum Beispiel in den Evangelien steht ...

*Böll:* Die Werte, nennen wir es Werte ...

*Vormweg:* ... daß man die Werte in Frage stellen und auf veränderte Grundvoraussetzungen hin überprüfen muß? Und daß man nur mit dieser Überprüfung ein Gespräch beginnen könnte?

*Böll:* Ich glaube eher, daß man Schutt wegräumen muß. Den Schutt, der durch die Unglaubwürdigkeit, sagen wir, der Kirchen, der Politiker entsteht, und den Schutt, der durch die Verfälschung der Werte entsteht. Ich nehme einen Wert: Familie. In keinem der vier Evangelien wird die Familie auch nur andeutungsweise als Wert genannt. Im Gegenteil: Alle vier sind extrem familienfeindlich, weil Familie ein vorchristlicher Wert ist und auch ein nachchristlicher. Die »christliche Familie«, die mag es ja geben, aber eigentlich ist die Familie ein heidnischer Wert. Ein Wert, wie wir wissen. Aber Familie bedeutet zum Beispiel auch Mafia. Die südamerikanischen Staaten, die Diktaturen werden von Familien beherrscht. Vierzehn Familien beherrschen San Salvador. Bei Somoza war es, glaube ich, nur eine. Da hat also die Familie durchaus terroristische Züge. Die hat sie auch in unserer Gesellschaft, denn sie wird zum Clan, wird zur Interessengemeinschaft, die sich abschließt, schützt. Und da spielen das Gesetz und die Moral nur insofern eine Rolle, als daß man nicht geschnappt werden darf. Das meine ich mit den negativen Seiten der Familie, gegen die die Jugend, das ist ein großes Wort, mit Recht rebelliert. Und wenn sie also wirklich einen Weg gefunden haben, auf offene Art zusammenleben, und wenn sie durchgesetzt haben, daß es sogar mehr oder weniger gestattet wird, zum Beispiel im Mietverhältnis, so finde ich, das ist eine großartige Sache. Das alles schon bei einem kurzen Blick auf nur einen »Wert«. Die Schwierigkeit ist, diesen ganzen Schuttberg anzufassen.

*Vormweg:* Das ist wohl in der Tat eine Herkulesarbeit.

*Böll:* In unseren Städten haben wir ja die Enttrümmerung wirklich auf eine verrückte Weise schnell geschafft. Ich erinnere mich, daß mein alter Vater, der war 75, bei Kriegsende, als wir nach Köln zurückkamen, sagte: »Das dauert hundert Jahre.« Das ist mir unvergeßlich. Nach dessen Vorstellungen von Arbeit, Aufbau – und er war ein sehr fleißiger Handwerker – sollte es hundert Jahre dauern. Es war in fünf Jahren erledigt.

Da haben wir wunderbar enttrümmert. Aber unsere Geschichte und christliche Tradition, die haben wir nie enttrümmert. Da wird immer mehr Schutt draufgeschüttet. Wenn ich Markt gesagt habe vorhin, so meinte ich das gar nicht abfällig: Was sollen die jungen Leute denn anderes tun, als auf den Markt zu gehen, wenn wir ihnen nichts anderes bieten? Auf dem Markt sind ja auch diese neuen Religionen, diese Jugendsekten. Das ist ja ein Marktangebot. Warum laufen denn so viele sehr idealistische, im strengsten Sinne idealistische junge Leute in diese Fallen? Die suchen dort den Wert. Das Wort Wert ist, glaube ich, entscheidend, wenn wir weiter über dieses Problem reden wollen. Die suchen doch den Wert. Sie suchen ihn auch im Politischen. Sogar die Terroristen suchen Werte. Und die Neonazis auch. Gucken Sie sie sich doch an, diese jungen Menschen. Ich habe den Bericht von Oliver von Hammerstein gelesen, der in der Mun-Sekte war und deprogrammiert wurde. Eine abenteuerliche Geschichte, fast ein Krimi. Und der, wenn ich das recht verstanden habe, heute noch seine Mitbrüder und Mitschwestern liebt und die Gemeinschaft vermißt. Da kommen wir auf ein wichtiges Thema: Gemeinschaft. Alle diese Werte, die uns durch den Nationalsozialismus kaputtgemacht worden sind oder die wir uns durch ihn, der alles korrumpierte, haben kaputtmachen lassen. Sogar Blut und Boden. Dahinter stecken ja wirklich Werte, was wir ja durch die Grünen jetzt wieder merken. Vielleicht sollten wir auch darüber nachdenken, daß wir zu flink, zu sehr nur im Reflex und nicht in der Reflexion diese Werte, die ja vornazistisch sind, absorviert haben. Gemeinschaft, Blut und Boden – Erde, nennen wir es Erde, auf der wir leben.

*Vormweg:* Ja. Ich erinnere mich, daß ich aufgewachsen bin mit dem sehr starken Bedürfnis, alle Bindungen, auch die Bindungen an direkt übernommene Werte aufzuheben. Auch das macht es schwierig, mit Jüngeren zu reden. Ist aber diese Vorsicht gegenüber Werten nicht ganz richtig und wichtig? Verweist sie nicht darauf, daß zumindest der Versuch gemacht worden ist, mit dem Schuttabräumen zu beginnen? Ein Stichwort:

der mündige Bürger. In meinem Leben hat diese Idealvorstellung eine gewisse Rolle gespielt. Sie bedeutete: Der Bürger, der Bescheid weiß über das, was in seiner Umwelt vorgeht, der Bürger, der über ökonomische, politische, kulturelle Zusammenhänge informiert ist, der alles überschaut. Der sich nicht festlegt auf einen bestimmten Wert oder auf eine bestimmte Doktrin oder auf ein bestimmtes Prinzip, sondern in der Lage ist, mündig aus Situationen heraus sich zu entscheiden. Auch von daher sind ja die alten Werte in ihrer traditionellen Erscheinungsform bis hin zu Familie und Kirche in Frage gestellt worden, und nicht nur vom Nationalsozialismus her.

*Böll:* Reden wir über den mündigen Bürger, der ja nicht überzeugt.

*Vormweg:* Gewiß nicht.

*Böll:* Wir sind ja nicht mündig. Wir sind ja insofern entmündigt, als wir ständig gezwungen werden, an etwas zu glauben. Wer kann schon fachwissenschaftlich kompetent etwa über die Atomenergie reden? Da reden die einen Atomwissenschaftler so, andere reden so. Ich bin gezwungen, zum Gläubigen zu werden. Ich glaube also denen, die dagegen sind. Der andere glaubt denen, die dafür sind. Dasselbe betrifft ökonomische Vorgänge, die fast unüberschaubar sind für einen Laien. Wahrscheinlich sogar für einen Fachmann unüberschaubar werden. Wir werden einfach zu Gläubigen von Systemen. Wir werden programmiert. So wie die jungen Menschen offenbar in den Sekten programmiert werden und dann deprogrammiert werden müssen. Vielleicht müssen wir uns auch deprogrammieren, um eine Sprache zu finden, damit wir wenigstens noch auf einer gemeinsamen Basis streiten können.

*Vormweg:* Es ist sicherlich eine der bittersten Erfahrungen und Desillusionierungen in der Geschichte der Bundesrepublik, daß eines Tages der Zeitpunkt für die Erkenntnis da war: Mündigkeit in dem angestrebten Sinn kann es einfach nicht geben, der einzelne bleibt in jedem Fall Objekt ...

*Böll:* Und wird zum Gläubigen ...

*Vormweg:* Ja. Aber er muß doch zugleich versuchen, so paradox das ist, nach Möglichkeit kein Gläubiger zu werden, denn anders kann er sich überhaupt nicht wehren, und anders kann er überhaupt nichts den Übermächten entgegenhalten. Ich muß gestehen, daß ich immer noch glaube, daß es sich lohnt, den Versuch zu machen, gegen diese Übermächte permanent anzureden, permanent gegen sie anzukämpfen in Gesprächen und wo auch immer.

*Böll:* Ich teile Ihre Ansicht, aber Sie sagen auch: Ich glaube, es lohnt sich.

*Vormweg:* Natürlich.

*Böll:* Wir reden von glauben.

*Vormweg:* Und es lohnt sich auf jeden Fall nur unter der Voraussetzung jener Desillusionierung. Wobei es aufschlußreich ist, daß der jungen Generation nach meiner Beobachtung in mancher Hinsicht dieses Glauben – und ich bin nicht sicher, ob es ein Fortschritt ist –, dieses Glauben sehr viel leichter fällt als der jetzt älteren Generation. Vielleicht sollten wir noch einmal versuchen, von den jungen Leuten so zu sprechen, als stünden sie in Distanz vor uns und die ganze Szene lasse sich überblicken. Wie stellt sich Ihnen jetzt diese Jugend dar? So aus der alltäglichen Erfahrung. Ich sehe also die 1,2-Abiturienten, die mit seelischem Korsett aufs Medizinstudium zusteuern, und ich sehe die Lehrlinge in der Nachbarschaft und auch sonst, wenn man draußen ist, die versuchen – und das wird dann auch offen mitgeteilt –, ihre Arbeitszeit so rasch wie möglich hinter sich zu bringen und möglichst die Berufsschule zu schwänzen, damit sie in ihrer Clique sein können. Ich sehe die Abiturienten, die schon im elften, zwölften Jahr ihre Hasch-Erfahrungen gemacht haben und so rasch wie möglich aus allem, was sie bindet, was auch Schutz gibt, herausdrängen. Ich sehe die alternative Szene und die Hausbesetzer. Ich sehe die Vielzahl von sehr ordentlichen jungen Leuten, die genau alles erfüllen, was von ihnen verlangt wird, und dennoch immer wieder in anderen den Verdacht erregen, daß sie es sozusagen mit Verachtung tun, nicht wirklich überzeugt sind.

Und ich sehe den vermuteten Attentäter danach beim Oktoberfest in München, der ja vielleicht auch die Spitze eines Eisbergs sein könnte in diesem Gerangel zwischen Werten und Wertezerfall, zwischen autoritärem Anspruch und der Unfähigkeit, Werte überzeugend glaubwürdig zu machen.

*Böll:* Ja, ich sehe das – sagen wir: realistische – Erscheinungsbild der Jugend, soweit es Erfahrung ist. Aber das ist ja nicht alles. Wir können ja nicht unsere Ethik auf der Statistik beruhen lassen. Ich vermute, daß da einer der großen Fehler der Parteien, der Kirchen, aller großen Organisationen ist, daß sie zu schnell zurückweichen und dann mit ungeprüfter Autorität auf alten Werten bestehen, die nie geprüft worden sind, wie etwa Familie. Ich möchte noch mal auf den Markt zurückkommen. Ich glaube, wir haben die Jugend zu sehr auf den Markt gelassen. Sie erwartet Autorität, erwartet auch Werte, erwartet Orientierung, aber die Autorität muß geprüft werden, die darf nicht einfach vorgesetzt sein. Autorität muß dauernd geprüft werden, muß auch auf ihre Glaubwürdigkeit hinterfragt werden. Das Schlimme ist, das Gefährliche ist, daß wir immer noch zwischen reinem Idealismus und reinem Materialismus schwanken. Reden wir nochmal von unserem Nachkriegsaufbau, in dem wir uns rein materialistisch verhalten haben, im extremen Sinne, und gleichzeitig Ideale vorgegeben haben, eben christliche Werte und so weiter, ohne die zu prüfen oder prüfen zu lassen. Dann hat es also in Osteuropa angeblich den reinen Materialismus gegeben, der sich inzwischen herausstellt als ein Humus, auf dem ein gewaltiger Idealismus wächst. Wir haben uns dauernd selber getäuscht, auch über Osteuropa, auch über die sogenannten Kommunisten, die es ja kaum gibt, haben sie als Materialisten diffamiert, während die drum herum einen Idealismus aufgebaut haben, auch einen gefährlichen. Das sind ja meist Idealisten gewesen, die dann extreme Stalinisten geworden sind. Während unsere Gesellschaft im Grunde den Götzen Materialismus hatte, aber immer wieder Ideale vorschob. Da ist ein Zynismus entstanden, auch ein Snobismus, der sehr schwer nachzuweisen ist. Er steht immer zwischen den Zeilen.

*Vormweg:* Von hier aus ergeben sich, bezogen aufs Thema, zwei neue Fragen. Zunächst müßten wir noch über die Werte im einzelnen sprechen, von der Historie her, auch aus der Gegenwart, die durch Autorität, zu befragende Autorität, vielleicht mitgeteilt werden können. Zunächst also: Welche Werte wären das? Tapferkeit gilt ja als ein solcher Wert, Fleiß, Mut, Treue, Treue zum Vaterland und Treue wozu sonst noch. Leistung kam dann hinzu und paßte sich da sehr gut ein.

*Böll:* Profit.

*Vormweg:* Ja, das wäre dann schließlich sozusagen die Klammer über allem und fast schon eine Deutung im Sinne Ihrer Materialismus-Idealismus-Gegenüberstellung.

*Böll:* Wobei der Profit sogar noch in den Himmel reichte. Denn das Beten, das Gute-Werke-Tun brachte ja einmal die ewige Seligkeit ein. Diese Art von Denken war ja im Grunde auch ein Profitdenken. Wenn ich daran denke, daß man also Gebete sammeln konnte wie auf einem Bankkonto. Erinnern Sie sich?

*Vormweg:* Ja, daran erinnere ich mich.

*Böll:* Bestimmte marianische Bewegungen, da betete man fünfzig Ave Maria und schickte die ein, die wurden auf ein Konto geschrieben und irgend jemandem, der sie nötig hatte, zugeschickt. Ein Konten- und Profitdenken bis tief ins Religiöse, und ewig dieses Denken an seine eigene ewige Seligkeit, was ja ein verheerendes Denken ist. Gerade diese Tugenden, die Sie genannt haben, Tapferkeit, Mut, Fleiß, Treue, sie haben alle eine gefährliche Komponente, besonders die Treue, denn Treue gibt's bei Terroristen sehr viel. Ich glaube, daß das eines der Hauptmotive für manchen offenen und versteckten Terrorismus ist: die Treue. Und bestimmt, wenn die jungen Neonazis, ob sie Bomben geworfen haben oder nicht, auf Treue bestehen. Das ist eine sehr gefährliche Tugend.

*Vormweg:* Nun gibt es ja aber noch andere Werte, von denen ich nur weiß, daß sie meiner Generation, als sie jung war, mehr oder weniger ausgetrieben wurden. Werte, die im Ansehen bei den Jüngeren heute, gerade wenn sie bewußt und aggressiv eine Alternative suchen, sehr hoch stehen. Zum Beispiel Muße, zum Beispiel Freiheit, zum Beispiel Gleichheit und Brüderlichkeit. Sind es Werte, die den gleichen Anspruch haben, die gleiche Bedeutung haben wie diese anderen: Fleiß, Treue ...

*Böll:* Jedenfalls haben sie eine materiell-materialistische Komponente. Brüderlichkeit besteht ja auch darin, daß ich jemandem etwas gebe, ihm eine Suppe, eine Zigarette, Wärme, ein Bett anbiete. Das wäre in der vom Schutt verdeckten christlichen Tradition neu zu entdecken.

*Vormweg:* Aber es steht auch in einer humanistischen Tradition.

*Böll:* Beides. Da könnte ja eine Verbindung entstehen, obwohl im Grunde die extrem christlichen Ideologen Humanismus ablehnen. Das ist sogar ein Schreckenswort für sie: Humanismus, in unserem Sinne von Brüderlichkeit. Und da möchte ich wieder auf die vier Evangelien kommen. In denen werden ja doch kaum Vorschläge zur Bildung einer Hierarchie gemacht, wie sie dann entstanden ist. So eine Sache wie die Fußwaschung, die ja zu einem wirklich fast absurden Symbolismus heruntergewirtschaftet worden ist, oder auch das Abendmahl – das gemeinsame Essen, das Liebesmahl zu einem kalten Abfütterungsritus erstarrt; also ich möchte das Wort Abfütterung ein wenig zurücknehmen, das klingt so abfällig, es trifft auch nicht zu, aber es ist so ein kalter Vorgang da vorne ... Da steckt ja Brüderlichkeit drin und auch etwas Unhierarchisches. In den Texten steht im Grunde: Ihr seid alle gleich, ihr seid alle Brüder, keiner ist höher als der andere. Und die ganze Hierarchie ist auf einem einzigen Vers aufgebaut, der nur in *einem* Evangelium steht: Du bist Petrus, auf diesem Felsen will ich meine Kirche bauen. Auf dieser einen Zeile in einem der Evangelien wird also ein hierarchischer Apparat aufgebaut ...

*Vormweg:* Sie schlagen also geradezu vor, die Evangelien wieder und anders zu lesen.

*Böll:* Ja, ich empfehle das vielen jungen Menschen, leider ohne Erfolg, weil der Schutt zu groß ist, der darauf liegt, und diejenigen, die das vermitteln, unglaubwürdig sind und auch immer unglaubwürdiger werden durch ihr gegenwärtiges Verhalten.

*Vormweg:* Mir scheint, daß ein Teil dieser Werte, wenn man das Wort beibehalten will, also Muße, Freiheit, Brüderlichkeit, sich in einer neuen Auslegung ohne weiteres vermittelt, vor allem das Wort Muße, also der Wert Muße, der angeblich viel zu groß geschrieben wird bei vielen Jüngeren. Aber jetzt komme ich noch mit meiner zweiten Frage. Sie haben gesagt: Werte, Autorität – das muß immer wieder geprüft werden, sonst kann das nicht bestehen. Und hier genügt es also offenbar nicht, in einem bestimmten Wertgefühl nur zu leben, man muß es auch reflektieren, man muß über die Werte nachdenken, man muß vergleichen und fragen ...

*Böll:* Und Erfahrungen sehen.

*Vormweg:* Erfahren und reflektieren. Das ist etwas, was Sie auch als Schriftsteller betrifft. Einer der Hauptvorwürfe, die in der letzten Zeit gegenüber den Jüngeren erhoben worden sind, lautet: Können sie denn das überhaupt noch, über Werte oder etwas Ähnliches nachdenken? Sie lesen kaum noch. Sie sind in der Medien-Bilderwelt so gefangen, daß sie überhaupt nicht mehr zum Lesen und Denken kommen. Deutlich, wohl auch nachprüfbar ist die Entwicklung zu einer Verarmung im Sprachlichen ...

*Böll:* Da bin ich nicht ganz einverstanden. Was ich feststelle, ist, daß eben eine neue Sprache entsteht. Es ist ein bestimmter Jargon, der sehr reduziert ist und in dem mit einem Wort ganze Komplexe ausgedrückt werden. Das könnte sogar eine Spracherneuerung sein, denn die Sprache hat sich permanent aus dem Jargon erneuert, und zwar immer aus Jargon von unten, nie von oben. Der Jargon da oben, bei den sogenannten Höheren, ist so dürftig, daß er nicht brauchbar ist. Das kommt ja immer von unten, das ist nicht negativ, sondern sehr positiv. Was ich nicht glaube, ist, daß irgendeine Art der Anbiederung hilft. Ich nenne als Beispiel diese komischen Wahlveranstaltungen, wo man da die jungen Leute mit Rock und Pop und Beat zu animieren versucht. Und ich glaube nicht so recht daran, daß sie nicht mehr lesen. Ich weiß nicht, ob das nachweisbar ist.

*Vormweg:* Darüber ließe sich lange diskutieren. Aber wir müssen, meine ich, in diesem Zusammenhang noch einmal direkt zurückkommen auf die Frage nach der Autorität, die immer neu überprüft werden soll, damit auf die Frage nach der Lehre und dem Lehren. Das ist ja eine der Beobachtungen, daß die Lehre, sei es im Brechtschen Sinne, nicht mehr gewagt wird. Wenn man Lehre sagt, ist es sofort so, daß man so etwas versteht wie Lehre der freien Marktwirtschaft oder die Lehre der katholischen Kirche oder die Lehre des Marxismus: etwas Leeres, etwas sinnlos Gewordenes, das nur ablenkt von den wirklichen Empfindungen und Wünschen. Das ist nach meiner Meinung etwas sehr Schlimmes. Die einen sind nicht mehr in der Lage, sich lehrend verbindlich zu äußern, und es wäre doch nötig, das Autoritätsbedürfnis ist ja erwiesenermaßen sehr groß unter jüngeren Menschen. Die Jüngeren fühlen sich allein gelassen ohne Lehre. Wäre es möglich, wieder eine Vorstellung vom Lehren und Lernen zu gewinnen? Es müßte natürlich eine Lehre sein, die nicht über den Markt geht. Ist das überhaupt denkbar?

*Böll:* Nein. Es ist ja auch gar nichts gegen den Markt zu sagen, wenn wir das Wort auf den Ursprung zurückführen, einzuwenden. Sokrates hat auch auf dem Markt gestanden. Wir müssen ja nicht gleich, wenn wir Markt sagen, auf die Marktwirtschaft kommen, das ist ja etwas anderes. Das sind ja zwei verschiedene Begriffe und Worte. Also sagen wir nicht Markt, sondern Forum, Öffentlichkeit. Dann wird das schon verständlicher. Das Licht unter den Scheffel zu stellen hat ja keinen Sinn. Ich sehe nur eine Gefahr, und da muß ich sogar widerstrebend Herrn Schelsky recht geben, daß dann die Intellektuellen, die Autoren und so weiter überschätzt werden. Die Lehre muß wirklich von glaubwürdigen Institutionen ausgehen und deren Vertretern.

*Vormweg:* Nicht Menschen?

*Böll:* Menschen ja, aber innerhalb von Institutionen. Also Kirche im weitesten Sinne.

*Vormweg:* Sie meinen – das ist ein wichtiger Punkt –, daß das Verhältnis von Institutionen und Personen eine wichtige Rolle spielt bei jedem Lehrwunsch oder dem Wunsch, belehrt zu werden, bei allen Fragen nach Autorität?

*Böll:* Weil da eine über das Subjekt, das lehrt, hinausgehende Rückendeckung bestehen muß. Wenn der einzelne, der Autor zum Guru wird, so halte ich das für lebensgefährlich, weil dann die Person identifiziert wird mit der Lehre. Das ist ja auch eine der Gefahren bei all diesen Sekten. Und da ist Enttäuschung unvermeidlich.

*Vormweg:* Also, es muß eine Institution sein, die die Aussagen und die Diskussion und die Fragen der einzelnen Menschen, ob sie nun Lehrende oder Lernende sind, auf etwas bezieht, das sich als Wahrheit ...

*Böll:* Eine offene Institution, die also die Gedanken der Literatur oder eines Literaten oder eines Theoretikers durchaus aufnimmt, nicht per se sich abschließt. Ich halte das in der Bundesrepublik, auch international für eine verhängnisvolle Entscheidung, daß dieses Gespräch, sagen wir: zwischen Intellektuellen und Kirche und Parteien, nie zustande gekommen ist, weil man dann gleich sagt: Du bist eine Autorität, mach du das. Das ist einfach falsch. Also durchaus eine moralische Anstalt, eine Lehranstalt auch, die aber nicht auf einer Person beruht. Das ist ja das Fürchterliche. Gucken Sie sich an, was da alles passiert ist. Das ist doch die Enttäuschung der meisten Menschen, daß sie eine Religion mit einer Person identifizieren.

*Vormweg:* Aber das ist natürlich eine Herausforderung an unsere bundesrepublikanischen Institutionen, die diese von ihrer Einrichtung her kaum richtig aufnehmen können. Sie verweigern diese Herausforderung der moralischen Anstalt. Und sie haben auch einige gute Gründe dafür, die man sofort entdeckt, wenn man in die Geschichte guckt. Wo waren die moralischen Anstalten? Da war die Schule, da war das Militär, da waren die Kirchen, da waren in einem begrenzten Umfang und sozusagen nur für die Oberschicht die Universitäten und da waren die Militärakademien ...

*Böll:* Und auf der untersten Ebene die Vereine, die sehr kontrollierten, terrorisierten, wer macht das und das ...

*Vormweg:* Das zeigt die Problematik dieser Aufforderung. Andererseits bin ich wie Sie der Meinung, daß es ein Manko ist, vor allem für das Vermitteln der Lehre, daß es nicht geglückt ist, die Vorstellung einer solchen moralischen Anstalt mit Ihrer Vorstellung der Offenheit zusammenzubringen, also die Notwendigkeit der Autorität, der verbindlichen Autorität mit der Offenheit jeder Autorität für jede Frage, für jeden Einwand, für jeden Vorbehalt zusammenzubringen. Da ist etwas, was in der Bundesrepublik ganz offensichtlich nicht geglückt ist. Stellt deshalb die Bundesrepublik sich als Gesellschaft, als Staat sehr vielen jungen Menschen wie ein lebendes Manko dar?

*Böll:* Ich möchte sogar noch weitergehen. Es gibt den Einbruch auch bei der Phantasie. Die wird ja unterschätzt. Sie können ja ohne Phantasie überhaupt kein Problem wirklich zu Ende denken. Nehmen Sie das Problem der Gen-Manipulation, nehmen Sie das Problem des Krieges Irak/Iran. Was da passieren kann, dazu braucht man gar nicht viel Phantasie. Deshalb braucht man Phantasie. Und andere Probleme: Aufrüstung und so weiter. Die Phantasie müßte mit der politischen Macht verbunden werden. Denn das nützt ja wenig, da Ideen von sich zu geben. Es nützt einigen, die da getröstet werden oder nicht, aber die politische Macht entscheidet ja dann. Die Phantasie fehlt. Es gab Ansätze dazu bei Brandt, die sehr fruchtbar waren. Ich will hier jetzt gar keinen politischen Vorschlag in die Gegend werfen. Nur feststellen, daß beide Teile, sagen wir: Ideenlieferer oder was und die anderen, verdursten. Und die Jugend vermißt wirklich den Impetus oder den Funken, sucht den dann nur in der Literatur oder nur in der Musik, das ist keine Lösung. Wir sind ja politische Wesen.

*Vormweg:* Eines möchte ich nur ganz nebenbei noch einwerfen, ohne daß ich meine, wir könnten das noch verfolgen: Wir können ihnen eines sagen, was sie nicht wissen, die Jugendlichen, nämlich was es bedeutet, wenn man in einer Gesellschaft lebt, die von Nazis regiert wird, die Krieg führt und die im Elend ist. Das möchte ich noch anführen. Etwas anderes noch ist mir bei diesem zuletzt Gesagten eingefallen. Sie haben vorhin Sokrates genannt. Der hat ja nicht nur auf dem Forum gelehrt, sondern er hat auch durch Fragen stellen gelehrt. All sein Lehren bestand ja darin, daß er Fragen stellte. Ich weiß zwar nicht, wie sich das in einer Institution, in einer Anstalt konkretisieren ließe, aber als Herausforderung wäre so etwas wohl das einzige, was ein Gespräch über diesen Generationsbruch hinweg tatsächlich in Gang bringen könnte. Denn zuhören und Fragen stellen und dadurch lehren, das ist, glaube ich, die menschlichste Weise, mit einem Konflikt fertig zu werden, mit dem wir wohl noch sehr lange zu tun haben.

*Böll:* Und auch die demokratischste Weise. Wir wollen diesen Wert nicht vernachlässigen. Das ist die wahre Demokratie.

# Schreiben als Zeitgenossenschaft I

## Dezember 1982

*Vormweg:* Der Zeitgenossenschaft entkommt keiner, sie ist jedem für sein Leben sozusagen auferlegt, sie hüllt ihn ein. Aber mit der Vorstellung, dem Begriff »Schreiben als Zeitgenossenschaft« verbindet sich ja doch ein ganz beträchtlicher Anspruch. Das gelingt nur sehr wenigen, das gelingt im Grunde nur einzelnen. Es schließt ein, daß sich die unmittelbare Teilnahme am Leben einer Zeit faßlich und komplex im Geschriebenen abzeichnet. Und auch, daß die Zeitgenossenschaft über das bloße Erleiden, das bloße Miterleben jeweils gegenwärtiger Geschichtszeit hinaus zu einer bewußten Haltung, einer bewußten Schreibhaltung wird.

Ich stehe gewiß nicht allein mit der Meinung, Heinrich, daß Du wie kein anderer Schriftsteller hier im Land aus solcher Zeitgenossenschaft heraus geschrieben, erzählt und Einspruch erhoben hast, und zwar – das ist das Verblüffende – für die ganze bisherige Dauer der Bundesrepublik, obwohl so viel geschehen ist, sich so viel geändert hat seit dem Erscheinen Deiner ersten Erzählungen, wie wohl kein Mal zuvor in irgendeinem Land. Wir haben ja jetzt die Zeit, ganz vorn anzufangen. Schon in den ersten, 1947 erschienenen Erzählungen ist ganz klar: Der Stoff, der da zum Erzählen drängt, der erzählt werden will, ist erfahren in sechs Jahren Soldatenleben im Krieg, in der Not des Lebens, in den Trümmern der frühen Nachkriegszeit. Was aber war, wenn man jetzt über den allgemeinen Wunsch hinaussieht, als Schriftsteller zu leben, der eigentliche Impuls, der Dich damals zum Schreiben gebracht hat? War es, um Anschauung zu gewinnen, die Erfahrungen Dir selbst begreiflich zu machen, anderen begreiflich zu machen, Bilder dieser Erfahrungen zu gewinnen?

*Böll:* Ich glaube, man muß dann nicht 1945 anfangen, sondern im Jahre meiner Geburt 1917. Das Erleben, Erfahren, mehr oder weniger genau Erkennen … Meistens spürt man nur sehr ungenau, was da so um einen herum geschieht. Ich bin also geboren als Untertan Wilhelms II., das darf man nicht vergessen. Und ein Jahr habe ich als dieser Untertan gelebt. Ich glaube, daß man zu wenig weiß über das, was Kinder erleben und wie sie es verarbeiten. Dann ergibt sich das Weitere aus den Daten unserer Geschichte. Weimarer Republik, 15 Jahre war ich, als Hitler zur Macht gehievt wurde – wie ich das empfand und immer noch empfinde, das wird immer noch vertuscht. Dann kamen erst einmal sechs Jahre Nazizeit im sogenannten Frieden. Das auf den Krieg Zuleben eines jungen Menschen. Also, ich war 15 und als der Krieg dann ausbrach, 21. Auch das ist noch gar nicht geschildert, auch noch nicht annähernd klar geworden, was das bedeutet für eine ganze Generation, für einige Jahrgänge: zu wissen, der Krieg kommt. Ich will damit nur sagen, daß es nicht erst 1945 angefangen hat. Ich habe ja auch schon geschrieben mit 17, 18, 19 und auszudrücken versucht, was mich an der erfahrenen, erlebten und nicht ganz durchschauten Geschichte bewegt hat. Soziale Dinge, religiöse Dinge, politische auch. Also, 1945 war nicht der Beginn des Prozesses. Ich war da immerhin 28, also einigermaßen erwachsen. Ganz bewußt war es eine Fortsetzung für mich.

*Vormweg:* Als Leser ist man da natürlich in einer etwas anderen Situation als der Autor.

*Böll:* Aber selbstverständlich. Was publiziert ist, ist die eine Seite des Autors. Was nicht publizierbar war, was ich erlebt habe, auch was ich geschrieben habe an Gedichten und anderen Dingen vorher, gehört aber zu diesem Prozeß. Dennoch sehe ich einen Bruch. Sagen wir – der Impetus, der starke Impetus war das Gefühl der Befreiung nach dem Krieg. Bis heute noch ist das wirksam in mir. Diese Zeit, diese Tyrannei im klassischen Sinne, die wir noch gar nicht analysiert haben, als junger Mensch zu erleben vom 15. bis zum 28. Lebensjahr und dann die Befreiung. Das ist der Hauptanstoß nach 1945 gewesen, verstehst Du. Vorher war nur Passivität, Passion auch. Der Krieg als Männer-Erlebnis war für mich fast vollkommen gleichgültig, war für mich – ich wage es zu sagen – lächerlich. Vieles daran war von einer blutigen Lächerlichkeit, die mich heute noch Paraden, Manöver, Aufmärsche, Zapfenstreiche, diese ganzen absurden Veranstaltungen, die sehr kostspielig sind, nicht nur mit Skepsis, sondern wirklich fast mit Verachtung beobachten läßt, ganz gleich, wo sie stattfinden. Also das Gefühl, politisch befreit zu sein, war der entscheidende Anstoß nach 1945.

Aber die 28 Jahre davor gehören natürlich mit hinein, wenn man von einer Entwicklung oder von Geschichte sprechen kann. Guck Dir heute einen 28jährigen an, was der schon alles hinter sich hat, unabhängig von Krieg oder nicht.

*Vormweg:* Woran ich mich sehr gut erinnern kann, von mir selbst her, ist dieses ungeheure Gefühl der Befreiung, obwohl ich 1945 erst 17 war. Aber jetzt zurück zu Deinem Schreiben. Was Du jetzt erzählt hast, das wird innerhalb Deiner Romane und Erzählungen erstmals ganz deutlich – ich will nur die beiden Hauptwerke hervorheben – in »Billard um halb zehn« und dann im »Gruppenbild mit Dame«. Da wird dieser ganze Erinnerungshintergrund mit hineingenommen in die Gegenwart. In den Erzählungen und dann Romanen, die in dieser ersten Zeit von 1947 bis Anfang der fünfziger Jahre erschienen sind, da ist ja doch diese Erinnerung zunächst mal – wie mir scheint – nicht so stark, daß sie dazu drängt, erzählt zu werden. Denn wovon erzählst Du in den ersten Geschichten?

*Böll:* Nur über den Krieg.

*Vormweg:* Nur über den Krieg zunächst einmal und über die Heimkehr aus dem Krieg. Ich kann mich erinnern, daß in der Gesamtausgabe als erste Erzählung »Aus der Vorzeit« steht. Ich weiß nicht, ob es wirklich die erste damals veröffentlichte Erzählung ist. Jedenfalls zeigt sie genau die Einstellung zum Militärbetrieb, die Du vorhin schon geschildert hast. Nur vom Krieg und von der Heimkehr hast Du erzählt. Weshalb war das so? Ich meine, die Erinnerung an die vorvergangene Zeit war ja doch ...

*Böll:* ... da noch nicht drin.

*Vormweg:* War sie auch noch nicht da? War sie nicht so bedrängend?

*Böll:* Ich glaube eher, daß ich das schon in sehr frühen Arbeiten, die wirklich nicht wert sind, vorgezeigt zu werden, oder die gar nicht mehr existieren, so in den dreißiger Jahren ausgedrückt habe. Der Versuch der Auseinandersetzung damit oder der Versuch, es auszudrücken, war eigentlich schon bis zu einem gewissen Grade vorbei. Und meine Schreiberei während des Krieges bestand fast nur aus Briefen, die ja auch eine Mitteilung sind oder ein Versuch, sich auseinanderzusetzen, und zwar sehr viele Briefe an meine spätere Frau, auch an meine Familie, die alle oder die meistens verschlüsselt sein mußten wegen der Zensur. Wir hatten da zum Beispiel einen sehr simplen Trick. Es war ja verboten, der Familie oder Frau oder Braut mitzuteilen, wo man lag. Aber wir hatten verabredet, daß die Anfangsbuchstaben der ersten Worte im Brief den Ort benannten, wo einer war. Damit also die Familie wußte, der ist in Odessa oder in Calais oder was weiß ich. Und durch diesen Zwang zur Verschlüsselung sind natürlich diese Briefe keine unmittelbare Aussage über den Krieg, das Kriegsgeschehen. Die Befreiung war ja dann auch die Befreiung von dieser Zensur.

*Vormweg:* Das Erzählen selbst also auch als ein Ergebnis der Befreiung?

*Böll:* Ja, ja, natürlich. Ich habe unendlich viel geschrieben während des Krieges, aber meistens Briefe, und weil die Strafen wegen Verletzung der Zensur, von denen wir ja erfuhren, auch wegen Defätismus, Wehrkraftzersetzung, sehr streng waren, versuchte man, sich durch stilistische Verschleierung durchzuhelfen, durch solche und ähnliche Tricks. Und auch durch Zurückhaltung, insofern betraf dieser Impetus Befreiung 1945 alle Ebenen des Schreibens. Und dann kam eben die Beschäftigung mit dem Krieg, mit dem man sich während des

Krieges nicht schriftlich hatte beschäftigen dürfen. Tagebuch habe ich nicht geführt, auch das ist – glaube ich – wichtig zu wissen.

*Vormweg:* Aber in den Erzählungen der allerersten Zeit, den publizierten Erzählungen und den ersten Romanen, da hat man doch auch beim Lesen das Gefühl, daß Du noch trotz des Gefühls der Befreiung drinsteckst in diesem Leben, einem Leben, das einen wie eine Kugel um das eigene Leben ganz umgibt, einen viel länger festhält, als das eigene Gefühl sagt. Worauf ich jetzt hinaus will, ist, daß ich, der ich ja nicht ausgehen kann von Deinen Erinnerungen, ausgehen muß von dem, was ich gelesen habe. Für mich stellt sich das so dar, daß Du erzählt hast, thematisch jetzt, von Krieg und Heimkehr, dann ging es über zum Leben in den Trümmern, zu dieser besonderen Unsicherheit des Lebens in den Trümmern. Ein Teil dieses Lebens war der ständige Küchengeruch, das ist ja auch Anfang der fünfziger Jahre mal zu einem Streitgegenstand geworden in der Literatur-Diskussion. Nicht zu finden in diesen frühen Geschichten aber ist das, was Wolfgang Weyrauch dann 1949 in seiner Anthologie »1 000 Gramm« programmatisch so gesagt hat: »Hier schreiben lauter junge Autoren, die wollen einen Kahlschlag in unserem Dickicht machen.« Und einer Deiner Kritiker, Hans Schwab-Felisch, Du kennst ihn ja gut, hat von Deinen früheren Erzählungen gesagt, Böll habe nie einen Kahlschlag in unserem Dickicht unternommen, er habe eher das Dickicht miteinbezogen, es dann aber durchsichtig gemacht. Und diesen Gedanken habe ich schon vor zehn Jahren mal weiter ausgeführt und geschrieben, daß der frühe Heinrich Böll überhaupt nicht habe ausbrechen wollen. Daß der Wunsch auszubrechen bei ihm nicht da war, sondern daß er zunächst einmal aus dem Krieg herausgekommen ist als Christ, Kleinbürger, Katholik und daß auch das ideologische Dickicht dieser Zeit – das ist jetzt als eine Frage gedacht – für ihn eine Realität hatte in dem Maße, daß er auf das alles unmöglich von außerhalb dieses Dickichts, in dem er lebte, herabsehen konnte. An der Stelle des Dickichts konnte er sich auch nicht ohne weiteres etwas anderes vorstellen. Denn – so habe ich damals geschrieben –: »In diesem Dickicht starben und lebten die Menschen, und in seinen Augen hätte wohl ein Kahlschlag, wie ihn Weyrauch wollte, nicht zuletzt ganz einfach auch die Menschen, mit denen er lebte, zum Teil miterschlagen.« Du erzähltest also gleichsam in einem Dickicht und für die Menschen, die eben gezwungen waren, darin zu leben. Und die einzige Haltung war die des Mitleidens und die einzige, recht fragwürdige Hoffnung, sich herauszuarbeiten. Würdest Du einer solchen Charakteristik zustimmen? War das die Intention bei Deinen frühen Erzählungen?

*Böll:* Intention war es nicht. Da müßte man lange über Kahlschlag reden. Erstens, ob der wirklich erfolgt ist, ob das nicht eine Täuschung war ...

*Vormweg:* Aber er war ein Programm.

*Böll:* Ja, wenn man ihn zum Programm erhebt und nachguckt, wird man sehen – glaube ich –, daß ich daran zum Teil teilgenommen habe. Immer meine Herkunft, meine soziologische Herkunft, meine regionale, meine lokale, die ja eine wichtige Rolle spielt, vorausgesetzt. Die Weyrauchsche Theorie, die war mir zu arrogant, verstehst Du? Es waren ja sehr viele Leute unter diesen Kahlschlag-Theoretikern, die sehr eng verstrickt gewesen waren mit der Propaganda – Weyrauch selber auch, das wußte er, er hat es auch bekannt. Und sich auf diese Weise davon zu befreien, indem man sagte: »Weg mit allem!« war mir zu arrogant und auch intellektuell nicht redlich. Da müßten wir lange reden über Schuld, auch darüber, wie wenig die äußere Befreiung zur inneren Befreiung der Deutschen geführt hat. Wir denken immer in Daten, wir denken: 8. Mai 1945, Krieg zu Ende, Nazis weg, Stunde Null – eine große Täuschung. Und diese Täuschung habe ich nicht vollzogen. Ich habe mich immer gefragt: Waren hier überhaupt jemals irgendwo Nazis? Es waren ja 90 Prozent, wir wollen uns doch nichts vormachen. Und plötzlich keine mehr? Politisch war das Überraschendste für mich – ich war immerhin 28, 29, 30 –, daß es fast gar keinen Widerstand gab gegen die alliierte

Besatzung. Wenn Du Dir vorstellst: bis zum 8. Mai waren sie alle Nazis, wirklich, und plötzlich war das weg, das war für mich ... Da gab es natürlich ein paar sehr böse Dinge, den Werwolf und auch Morde, Fememorde. Aber Millionen Deutsche haben eigentlich widerstandslos die Besatzung, die Verordnungen, die Gesetze, die dann kamen, die zum Teil sehr unangenehm waren in den verschiedenen Zonen, über sich ergehen lassen. Auch das paßte mir nicht, diese sofortige Anpassung an ein zunächst undurchsichtiges politisches Vorhaben der Alliierten, verstehst Du? Da war mir der Kahlschlag als Theorie zu rasch. Ich verstand wohl, was damit gemeint war, ich glaube aber nicht, daß er zur inneren Befreiung beigetragen hat.

*Vormweg:* Ich bin ganz Deiner Meinung, das war unmöglich von einem Tag auf den anderen.

*Böll:* Ich war eigentlich noch drin. Ich habe die äußere Befreiung sehr stark empfunden, ich empfinde die bis heute, bis heute empfinde ich die. Und ich empfinde bis heute die Angst vor dem, was da nicht verarbeitet ist. Einer der Gründe für meine Empfindlichkeit, meine manchmal übertriebene Empfindsamkeit, war das Gefühl: Wo sind die Nazis denn alle geblieben, was ist aus denen geworden, wo hocken die? Als es nicht mehr gefährlich war, so etwa um 1953/55 herum, da tauchten sie plötzlich alle auf. Da hat mich wieder die enorme geschichtliche Feigheit auf die Palme gebracht, die darin lag, sich versteckt zu halten und plötzlich wieder aufzutauchen, und zwar mit einer Unverschämtheit, die wir auch noch nicht kapiert haben. Was so zwischen 1951 und 1959 passiert ist an Rehabilitation alter Nazis, auch alter Generäle – ich dachte jetzt auch bei dem Tod von Herrn Heusinger wieder daran –, das haben wir noch nicht kapiert.

*Vormweg:* Aber war das denn in der damaligen Zeit bei Dir schon bewußte Haltung, waren das wirklich schlüssige Einstellungen gegenüber dem, was geschah?

*Böll:* Nein, das war nicht so klar, wie ich das jetzt darstelle. Es war viel Unbewußtes dabei, es war auch viel Trotz dabei,

Trotz gegenüber einer gewissen intellektuellen Arroganz, die sich besonders gern gegen das Rheinland wendet. Es gibt ja eine alte intellektuelle Tradition ...

*Vormweg:* Ja, die Zentren lagen immer woanders.

*Böll:* Ja, ja, und es gab bei uns hier im Rheinland, in Köln speziell, und auch in meiner Familie gab es eine Arroganz gegenüber Berlin – zum Beispiel.

*Vormweg:* Eine stillere und bescheidenere ...

*Böll:* Nein, die war im Gespräch schon sehr stark. Da kam auch der Trotz der Region und der Lokalität hinzu. Auch eine gewisse Arroganz, die darin lag, daß wir meinten, na ja, ihr in Berlin habt uns doch die Nazis eingebrockt – was geschichtlich ungerecht ist, auf die Stadt bezogen –, und jetzt wollt ihr uns auch noch vormachen, wie wir uns davon befreien können.

*Vormweg:* Wenn ich jetzt noch einmal von Deinen Erzählungen und Romanen ausgehe, so kam dann ja ab Ende der vierziger Jahre stofflich und thematisch immer stärker hinzu das Leben kleiner Leute in ihrer Not, mit ihren Konsum-Problemen, den Wohnungsproblemen und so weiter, den Eheschwierigkeiten – ein ganzer Roman, der daraus entstanden ist: »Und sagte kein einziges Wort« Ich möchte das nur noch einmal einfließen lassen, um zu betonen, wie stark Du doch nach der Vorstellung Deiner Leser in dieser Zeit, so wie sie Dir auf den Nägeln brannte, gelebt hast. Bald ist aber etwas geschehen, das auf mich doch wirkt wie ein spezieller Heinrich Böllscher Kahlschlag: sehr leise, sehr sanft, aber auch sehr zugreifend und sehr präzise. Da scheint mir, daß vor allem in dieser Zeit, wenn ich es jetzt vom Werk her sehe, die Satire der Transformator war, der erlaubte, aus dieser Unmittelbarkeit der Erfahrung und aus der Notwendigkeit, unmittelbar auf das Erfahrene zu reagieren, nun auch etwas vor Dich hinzustellen, so daß man plötzlich auch ein Bild hatte. Daß damals satirische Züge in Deine Erzählungen kamen, daß etwa in »Nicht nur zur Weihnachtszeit« so richtig schon ein satirisches Horrorbild entsteht, das zeigt eine Änderung der Haltung an. Hängt es mit dem Wunsch zusammen, die Gesellschaft nicht nur zu erfahren, sondern die Gesellschaft auch aus einer gewissen Entfernung zu sehen und in gewissem Sinne zu beurteilen?

*Böll:* Ich glaube, daß das nicht erst bei »Nicht nur zur Weihnachtszeit« ...

*Vormweg:* Nein, es fängt früher an, das war ein Höhepunkt.

*Böll:* Die satirische Entwicklung, die ist sehr früh drin. Und die war auch bei mir als junger Mensch sehr stark. Ich habe schon mit 19 Jahren Pamphlete geschrieben, satirische Pamphlete, das ist immer ein starker Zug gewesen. Sagen wir mal, mein Instrumentarium hatte sich verbessert, ja. Mein Schreib-Instrumentarium hatte sich verbessert, und »Nicht nur zur Weihnachtszeit« war nicht nur eine Art Abrechnung, auch eine Vorausschau. Ich habe es jetzt noch mal gelesen, lesen müssen, und war selber erschrocken darüber, und zwar über die inzwischen realistisch gewordene Erzählung, die damals sozusagen nur verrückt war. Das ist ein Befreiungsprozeß gewesen, Heinrich, ein innerer.

*Vormweg:* Aber so von außen stellt es sich, mit anderen Begriffen ausgedrückt, so dar, mir jedenfalls, daß da das, was man den Moralisten Heinrich Böll nennt, daß sich das da herausgedrängt hat. Daß da nun, ohne die Fähigkeit zur Solidarität aufzugeben, der Moralist plötzlich ganz stark in den Vordergrund kam. In den fünfziger Jahren hast Du dann auch begonnen, in Aufsätzen, Reden immer deutlicher auf solche Bilder zuzudenken und sie drastisch in die Öffentlichkeit zu stellen, ganz wie sich das in den frühen Satiren andeutet. Aber das ist, könnte ich mir vorstellen, eigentlich für Dich gar nicht bewußt angelaufen, sondern hatte mehr eine innere Notwendigkeit?

*Böll:* Beides. Das ist immer ein sehr gemischter Vorgang, wobei das Mischungsverhältnis von bewußt und unbewußt stetig wechselt und nie genau festzustellen ist, also in Prozenten etwa. Es wechselt ständig, wechselt auch innerhalb einer Arbeit bei bestimmten Abschnitten. Da kommt natürlich viel Spielerei dazu, die ständig fortgetriebene Übertreibung, ja. Da ist auch ein bißchen Mathematik drin, wie eine Formel, die man entwickelt: $a^2 + b^2 = c^2$ oder so, weißt Du, das wird dann weiterentwickelt zu einer Riesenformel. Die »Weihnachtszeit« war schon ein ganz bewußter Schreibvorgang.

*Vormweg:* Ja, innerhalb dieses Textes.

*Böll:* Sehr bewußt. Es gab übrigens einen irren Krach darüber, natürlich. Ich weiß noch, Heinz Rühmann hat den Text gelesen. Alfred Andersch war damals noch Redakteur in Hamburg beim NDR und hat das gesendet. Und Rühmann hat es gelesen. Andersch hat mir erzählt, wie sehr den das mitgenommen hat. Na ja, das ist noch eine Anekdote.

*Vormweg:* Das, was da so plastisch wird in dieser Satire, ist ja, obwohl es sich so freundlich und angenehm fast darstellt, etwas Feindliches. Ich glaube ...

*Böll:* ... bösartig, ja.

*Vormweg:* Und jetzt noch einmal die Vorstellung in Erinnerung gerufen: »Schreiben als Zeitgenossenschaft«. Ich habe das Gefühl, daß sich in den fünfziger Jahren aus diesen Erfahrungen die Vorstellung eines Feindlichen herausprägt – nach und nach, denn viele Texte, die damals polemisch erschienen, die wirken heute gar nicht mehr so polemisch, wenn man sie liest ...

*Böll:* ... aber man muß die Texte in die Zeit zurückversetzen, in der sie geschrieben sind. Ich glaube, das ist eines der wichtigsten Prinzipien bei der Beurteilung von Literatur, daß man in die Zeit, in der sie geschrieben sind, zurückgehen muß, und zwar ganz. Sich auch vorstellen muß, wie war das damals, was passierte damals, als das geschrieben worden ist. Ich kann gar nicht anders lesen. Wenn ich Tolstoi oder Gorki oder Virginia Woolf lese, da ist für mich immer die Zeit der Mittelpunkt, in der das geschrieben ist, und natürlich kommen Land, Sprache, Kultur, Religion sogar hinzu. Wenn Du Dir vorstellst, daß eine der bösesten Satiren der Weltliteratur – Swifts Gulliver – inzwischen zum Kinderbuch geworden ist, ungekürzt nur selten zu haben ist, auch wenn man nicht den ganzen Stachel wegnehmen kann, wenn man es kürzt. Und das ist eine der bösesten Geschichten, die je geschrieben worden sind. Also, da müßte man lange über die Geschichte von Satiren reden, die dann im Laufe der Geschichte fast lustig werden, was sie nie sind, nie.

*Vormweg:* Worauf ich eben noch einmal hinauswollte, ist etwas anderes – ob Du es nun bestätigst oder dagegen sprichst. Da war zunächst einmal die Notwendigkeit in diesem Nachkriegsleben, sich zu behaupten und von dem zu erzählen, was einem täglich auf den Nägeln brannte, ohne über die engere Situation weit hinauszublicken. Dann folgte im Laufe der fünfziger Jahre der Versuch, den Zusammenhang zu sehen, bis hin zu »Billard um halb zehn«. Meine Frage ist nun, ob sich da bei Dir das, was man das Feindliche nennt, tatsächlich – wie es dem Leser erscheinen muß, wenn er das im Zusammenhang liest – nach und nach verdeutlicht hat, und was dieses Feindliche eigentlich war.

*Böll:* Das Bösartige?

*Vormweg:* Ja, das Bösartige, das, was dem menschlichen Leben und dem mitmenschlichen Leben gegenüber sich feindlich einstellte, es zu unterdrücken oder zumindest zu regulieren versuchte.

*Böll:* Also feste Körper, die so in sich ruhen, die sich selbst genügen – wie unsere Gesellschaft, als sie damals anfing, sich zu etablieren? Also alles war prima und so weiter? Die festen Körper, die in sich ruhenden Korporationen, Armeen oder Kirchen oder bürgerliche Gesellschaften, auch unbürgerliche, die ihre Festigkeit und ihre Einbildung haben können und in sich ruhen, die muß man anstechen, verstehst Du? Man muß versuchen, im allerweitesten Sinne des Wortes, sie zu zersetzen. Und dieser Vorgang, wenn er erkannt wird von der Korporation, der muß von ihr abgewehrt werden. Veränderung ist ja nicht erwünscht. Da werden Veränderungen sozusagen provoziert in der Satire, und das wird als feindselig erkannt.

*Vormweg:* Ich muß das offenbar noch etwas genauer sagen. Ich habe nicht eine Feindseligkeit bei Dir gemeint, sondern die Entdeckung und Darstellung von Erscheinungen und Tendenzen in der Gesellschaft, die Du als feindlich empfunden, als feindlich identifiziert hast, als feindlich und als destruktiv innerhalb der Gesellschaft. Vieles von dem Korporativen, das ja in den fünfziger Jahren noch ganz ungeheuer stark war, bis zu den Altnazis, hast gerade Du ja entdeckt. Und daraus ergab sich bis zu der Verweigerung in den »Ansichten eines Clowns« eine bestimmte Haltung, die in diesen Jahren langsam entstanden ist. Ich habe also das Feindliche, das sich Dir zeigt, gemeint, nicht Deine Feindseligkeit. Ich kann mich erinnern, wie schwierig das war in jener Zeit, überhaupt nachzuvollziehen, daß es dieses Feindliche tatsächlich gab. Niemand dachte an viel mehr als ans Weiterleben. Man war einfach schon zufrieden, daß man so weiterleben konnte und daß bestimmte Nöte langsam verblaßten. Aus dieser Haltung heraus das Feindliche zu erkennen, war den meisten unmöglich. Du hast es schon damals gezeigt. Zum Beispiel ist das Bourgeoise in »Und sagte kein einziges Wort« etwas Feindseliges, sich verkörpernd sozusagen im Hausbesitzer. Danach wollte ich fragen, nach dem, was Du als feindlich erkannt hast.

*Böll:* Ja, aber wenn Du den Feind erkannt hast, dann bist Du natürlich auch dessen Feind, dann kommt auch Feindseligkeit oder Aggression vom Autor rein. Da kommen wir – glaube ich – auf ein ganz wichtiges Wort, das Bourgeoise, das ich bis heute nicht verstanden, zum Teil unterschätzt habe. Sehr vieles ist da bei mir, sagen wir: programmiert worden, vorgeformt worden zwischen 1933 und Kriegsbeginn, Kriegsende. Weil die völlige Widerstandslosigkeit der Bourgeoisie doch sehr deutlich sichtbar war auch für einen jungen Menschen. Ich muß das einschränken, es gab respektable Bürger, es gab einige wenige, die sich nicht angepaßt haben. Aber ein großer Teil der Bourgeoisie in dieser Zeit war ja wirklich furchtbar, du wußtest ja gar nicht, mit wem du überhaupt reden konntest, das können wir uns gar nicht mehr vorstellen. Es gab einen ganz kleinen Kreis von Leuten, von Vertrauten und Freunden, zum Teil Nazis darunter, mit denen man noch reden konnte; denn nicht jeder Nazi war ja ein Denunziant, das muß man auch wissen, auch das muß man wissen.

*Vormweg:* Nicht jeder?

*Böll:* Nein, eben. Der Denunziant ist eine ganz bestimmte Erscheinung, fast unabhängig vom politischen System. Es gab Denunzianten, die nicht Nazis waren und so weiter, es gab Denunzianten in Gefangenenlagern und überall. Aber herauszufinden, daß nicht jeder Nazi ein Denunziant war, daß man eventuell offen reden konnte, dazu gehörte eine ungeheure Sensibilität, die sich in dieser Zeit entwickelt hatte. Zwischen meinem 16. und 20. Lebensjahr. Und da war eben doch der Großteil der Klein- und Großbourgeoisie auf eine Weise anpassungsfähig, die mich wirklich zum Feind gemacht hat einer bestimmten Denk- und Lebensweise, und vor allen Dingen zum Feind dessen, was man Besitzbürgertum nennt – »Und sagte kein einziges Wort« ist ja ein Mietroman, ein Mieterroman.

*Vormweg:* Wenn man ausgeht von »Billard um halb zehn«, sind die Polarisierungen noch erst wenig zu merken. Wenn ich aber von »Ansichten eines Clowns« zurückblicke auf »Billard um halb zehn«, so habe ich das Gefühl, daß »Billard um halb zehn« nicht nur für den historischen Rückblick, sondern auch in der Wahrnehmung der Umwelt und Gesellschaftsverhältnisse schon eine erste Summe war. Und alle diese Momente schließen sich doch immer deutlicher zusammen zu einem sehr komplexen Bild, das jetzt etwas Feindliches ausstrahlt und gegenüber dem Hans Schnier in »Ansichten eines Clowns« nur noch eine einzige Chance sieht, die Chance zu verweigern. Wie ist das in Deiner Erinnerung?

*Böll:* Nicht so präzise, wie jemand, der, sagen wir: historisch jetzt meine Arbeit betrachtet, das jetzt vielleicht empfinden kann. Da sind Entwicklungen, sie haben stattgefunden, die ich nicht ganz durchschaue und auch nicht bewußt vollzogen habe. Ich vermute, daß die mit der – bis zu einem gewissen Grade – sprachlichen Entwicklung zusammenhängen. Der Zusammenhang ist da ja immer sehr wichtig, verstehst Du? Sagen wir: mit der Erweiterung nicht nur der Einsicht, auch des Vokabulars, des Instrumentariums – nennen wir es so. Wo eben das Unbewußte erst einmal explodiert im Sinne von – als Vergleich: unbehauenem Stein. Du holst dir aus dem Steinbruch einen Stein, dann kommt der bewußte Vorgang der Bearbeitung dieses Brockens Stoff, nennen wir es: Stoff. Da wissen wir noch zu wenig drüber, da weiß ich auch selber zu wenig drüber, ich kenne nur diesen Vorgang, der sich bei mir immer wiederholt, daß ich nicht mit meisterlicher Sicherheit an eine Sache herangehen kann. Selbst wenn ich drei Schreibmaschinenseiten einer Rezension schreiben soll oder will, dann fange ich immer wieder von vorne an, hole mir erst den Brocken oder sagen wir in dem Fall, den kleinen Stein und dann fange ich an, den zu bearbeiten. Ich weiß nicht, wie das bei anderen Autoren ist. Für mich ist jedes Geschriebene ein Experiment. Ich weiß vorher nicht, was daraus wird. Der Stoff, den holst du dir, das ist kein Problem. Und der kommt auch aus dem Unbewußten oder Unbehauenen, ich bleibe bei dem Vergleich mit dem Stein. Und dann fängt eine sehr genaue Arbeit an, in der aber auch wieder Unbewußtes ist, denn Formen ist kein ganz bewußter Vorgang, höchstens bei sehr, sehr respektablem Kunstgewerbe. Was da im einzelnen passiert, mit dir, in dir, um dich herum während du daran arbeitest, das ist nicht eruierbar. Und ich selber rede darüber und gucke mir das nachher an, dann denke ich immer, es ist nicht alles gesagt, auch nicht alles sagbar, alles ausdrückbar. Ich bin auch sehr skeptisch, wenn ich große historische Vorbilder darüber lese, wie sie das so und so gemacht haben. Ich glaube, da bleibt immer ein Rest. Für den Autor und für den Leser bleibt ein Rest.

*Vormweg:* Aber jetzt bezogen auf die »Ansichten eines Clowns« zum Beispiel – hast Du diese Schlußhaltung schreibend entdeckt als eine der möglichen und zwingenden Haltungen?

*Böll:* Ja, den Aussteiger, der hat sich ergeben. Ich weiß sehr selten, wie ein Roman endet, das weiß ich fast nie, das gehört zur Bearbeitung eines Stoffes, das ergibt sich dann. Auch weil ich möglichst die Personen frei lasse, ich lasse die mal laufen.

*Vormweg:* Schnier ist ein Aussteiger aus der jetzt scheinbar so sicher etablierten Gesellschaft. Aber auch, das müssen wir schon jetzt erwähnen, ein Aussteiger aus dem Glauben in dem Sinne, in dem die Amtskirche Glauben versteht.

*Böll:* Ja. Ich glaube, das ist bei »Ansichten eines Clowns« mißverständlich und auch nicht gelungen, weil der Held – der sogenannte Held –, die Hauptperson ein Protestant ist.

*Vormweg:* Ich habe den gar nicht als Protestanten in Erinnerung.

*Böll:* Er ist sozusagen religionssoziologisch ein Protestant, und das ist mir nicht gelungen – glaube ich. Das war schwere Arbeit. Es wirkt wahrscheinlich nicht so, es wirkt so wie dahinfließend, leicht plätschernd, hat mir eine Frau gesagt. Aber gerade diese Ausdrucksform ist die schwerste, dieses scheinbare Parlando.

*Vormweg:* Jedenfalls ist ein ganz zentrales Moment in den »Ansichten eines Clowns« – vom Autor her gesehen, meine ich – der Verrat an etwas ganz menschlich Elementarem, der Liebe in diesem Falle. Dieser Verrat wird zumindest unterschwellig zu einem Signal für gesellschaftliche Zustände. Nicht der Schnier verrät, sondern die gesellschaftlichen Zustände, wie sie sich, Kirche eingeschlossen, etabliert haben, beruhen auf Verrat. Die Ordnungsmächte, die Wirtschaftsordnung, die Parteien, die Gesellschaft erweisen sich als etwas, das davon lebt, daß es verraten hat ...

*Böll:* Ja, und dieser Verrat ist auch eine Folge des Funktionierens. Schon der Verrat, der hunderttausendmal oder öfter 1933 passiert ist, war ein Verrat des Funktionierens. Ich fürchte, daß wir vor großen Zeiten des Verrats stehen.

*Vormweg:* Um noch einmal ganz kurz auf das Thema zu kommen: Ich finde, daß die »Ansichten eines Clowns« im Grunde das literarische Dokument sind für ein jetzt doch sehr bewußt gewordenes – so unbestimmt die Produktionsverläufe dann immer sind –, sehr bewußtes und auch sehr distanzfähiges »Schreiben als Zeitgenossenschaft«. Könnte man das so sagen?

*Böll:* Ja, aber es ist schwer zu erklären. Im Unbewußten kommt manche Erkenntnis raus, die du sozusagen bewußt nicht vollzogen hast. Beim Nachdenken, im Gespräch mit Freunden, beim Spazierengehen mit Bekannten und Verwandten passiert ja auch viel in dir, und du hast plötzlich mitten im Gespräch eine Erkenntnis, die sinkt ab ins Unbewußte, wollen wir sagen, die kommt natürlich dann unbewußt und doch als Erkenntnis raus. Das macht die Trennung und Mischung von bewußt und unbewußt so schwer erklärbar. Ein Autor lebt ja nicht nur im Schreiben, er liest auch, er redet, er trifft Freunde, er trifft Menschen, er geht spazieren, er fährt mit der Bahn oder mit dem Auto. Das sind ja alles Vorgänge, die gar nicht unmittelbar mit dem Schreiben zu tun haben. Plötzlich kommt eine Erkenntnis aus dem Unbewußten, manchmal auch beim bewußten Bearbeiten eines Stoffes, während eine rein ideologisch-intellektuell vollzogene Erkenntnis dir sehr viel weniger hilft. Weil Erkenntnis nicht zu verstofflichen ist. Das ist sehr schwer zu erklären. Ich will es auch nicht mystifizieren oder gar mythologisieren, aber es bleibt ein großer Teil unerklärbar und unerklärt.

# Schreiben als Zeitgenossenschaft II

## Dezember 1982

*Vormweg:* Über das langsame Vorandrängen eines jungen Schriftstellers aus einem zunächst eher unbewußten zu einem immer bewußteren »Schreiben als Zeitgenossenschaft« haben wir im ersten Teil des Gesprächs gesprochen, Heinrich. Ich sehe darin übrigens eine gewisse Parallele zur gesellschaftlichen Entwicklung in der Bundesrepublik, vielmehr zu einer Entwicklung, die möglich gewesen wäre – wie es vielleicht ja immer noch möglich ist, gesellschaftliche und auch politische Konsequenzen zu ziehen aus Deinen Einwänden, aus dem, was Du erzählt hast, man kann es ja nicht wissen. Es gibt ja eine ganze Menge Leute, die es versucht haben, daraus ihre Folgerungen zu ziehen.

*Böll:* Ja, auf ihre Art und Weise, ja.

*Vormweg:* Von Anfang oder Mitte der sechziger Jahre nun bis heute ist es immer noch ein sehr langer Weg, zumal da sich dann die Ereignisse ja zu überschlagen begannen. Ich möchte hier nur ein paar Stichworte erst einmal noch vorausschicken: Große Koalition, APO, Ende des Reformkurses in der ČSSR, Dein Engagement für Willy Brandt, für die SPD, das vielleicht auch ein Hinweis darauf ist, daß die Verweigerung des Schnier in den »Ansichten eines Clowns« aus der Not kommt und nicht aus der Lust an der Verweigerung. Und daß Du im gewissen Sinne doch immer noch Hoffnung setztest in eine gesellschaftliche Moral, die dann nicht bloßer Schein wäre. Dann Dein Eintreten für die Entspannung, das schließlich – wie ich sehe – sozusagen seine äußerste Grenze fand in dem Eintreten für die sowjetrussischen und anderen Dissidenten. Der Kampf gegen die Springer-Presse, der Radikalenerlaß und die Folgen, die Zeit der Terroristen- und Sympathisanten-Hetze, der verstärkten rechtsextremistischen und neonazistischen Entwicklungen. Also es ist ein ungeheurer Komplex, der jetzt von Mitte der sechziger Jahre her gesehen vor Dir lag, vor uns liegt; aber zunächst hat sich – so scheint es mir – die demonstrative Provokation der Verweigerung des Clowns Schnier Mitte der sechziger Jahre ja eher zu Resignation und Spott verkehrt. Oder sind die Bücher »Entfernung von der Truppe«, »Berichte zur Gesinnungslage der Nation«, »Ende einer Dienstfahrt« keine Belege dafür? Während sich zugleich ja doch in Deiner publizistischen Arbeit, in den Essays, Reden, Schriften, Rezensionen doch schon etwas ganz anderes vorbereitete. Also die Rezension der Adenauer-Memoiren von 1965 zum Beispiel zeigt doch sehr deutlich, daß Du jetzt auch offensiv werden wolltest. Wie war das damals mit dieser Adenauer-Rezension, weshalb hast Du sie geschrieben?

*Böll:* Mich interessierte zunächst wirklich nur der Ausdruck, den Adenauer gefunden haben könnte. Ich habe das wirklich gelesen, wie ich jedes andere Buch, das ich rezensiere, lese, von vorne bis hinten. Ich habe mir Notizen dazu gemacht, Anmerkungen im Buch und so weiter, und es hat mich schon interessiert, wie drückt sich ein Mensch aus, der einen so enormen Einfluß auf unsere Entwicklung gehabt hat und auf die Entwicklung der Welt, das darf man nicht verkennen. Die Person Adenauers – ich will ihn gar nicht jetzt zur Figur reduzieren – hat ja eine enorme Bedeutung gehabt, auch für die westliche Welt. Dieser Deutsche, der da kam, er war kein Nazi, er war kein Militarist, er war eigentlich ein wirklich etwas zu schlauer, aber doch überschaubarer Bürger. Und mich interessierte einfach, festzustellen, wie solch eine enorm wichtige geschichtliche Erscheinung sich auszudrücken vermag. Ich hatte die Memoiren von de Gaulle mit großen Interesse gelesen, auch mit sehr vielen Erkenntnissen, die ich vorher nicht gehabt hatte, etwa über das Verhältnis Frankreich/England, das ja bis zuletzt ein gespanntes war. Du kannst Frankreich gar nicht verstehen, wenn du de Gaulle nicht kennst. Darüber brauchen wir nicht zu reden. Und mich interessieren solche Memoiren. Und dann habe ich mich an den ersten Band der Adenauer-Memoiren gemacht und habe mir wirklich gesagt, wie ist das möglich, diese sprachliche – ich will nicht sagen: Armut, denn in der Armut kann ein großer, sogar literarischer Reiz liegen, in Ausdrucksarmut –, wie ist das möglich, diese erbärmliche Ärmlichkeit der Sprache und, wenn man es ganz genau liest, die Durchschaubarkeit, die Offenbarung seiner Manipulationen. Das hat mich ungeheuer beeindruckt und auch – ich will gar nicht sagen: zornig gemacht – verblüfft. Er war nicht fähig, Sprache als Versteck zu benutzen. Man kann ja in der Sprache viel verstecken, das weißt Du. Er hat nichts versteckt, weil eben unsere Sprache als Ausdrucksmöglichkeit für ihn praktisch nicht existierte.

*Vormweg:* Also, er hat *seine* Sprache als das Selbstverständliche, als die selbstverständliche Sprache gebraucht.

*Böll:* Ja, und zwar mit einer Offenheit und einer Durchschaubarkeit ... Er hat die ganzen wichtigen politischen Entwicklungen nach 1945 dargelegt, auch seine Tricks und so weiter. Der Globke kommt nicht vor, soweit ich mich erinnere. Globke halte ich für eine ganz entscheidende Figur in der Nachkriegsgeschichte, und ich suche noch immer jemanden – ich habe keine Zeit, ich bin kein großer Rechercheur –, der diese Geschichte mal schreibt. Globke und Adenauer gehören ja zusammen, und Du weißt, daß zum Beispiel fast alle unsere Kollegen oder Vorgänger oder Freunde, ältere, die emigriert waren, wegen Globke nicht in die Bundesrepublik zurückgekommen sind. Viele sind in die DDR gegangen, das ist eine ganz verrückte Entwicklung. Der einzige, der zurückgekommen ist, war Döblin, und wie schäbig man den behandelt hat, das weißt Du auch. Er war zum Katholizismus konvertiert und war am Ende des Krieges ein französischer Oberst, ähnlich Willy Brandt, der ja norwegischer Major war; aber daß Hans Habe zum Beispiel amerikanischer Major war, wurde dem nie angekreidet. Diese ganzen wirklich bourgeoisen Verstellungen, das hat mit Adenauers Memoiren direkt nichts zu tun. Aber was mich doch einigermaßen verblüfft hat, war die Stammtisch-Offenheit, mit der da ... – auch der Zynismus.

*Vormweg:* Diese Rezension ist doch wohl einer der Belege dafür, daß Du sozusagen Dich entschlossen hattest, deutlicher, politisch deutlicher zu werden ...

*Böll:* Du kannst vorher schon ansetzen. Aber die Schwankung, die Du angesprochen hast zwischen dem Erzählerischen – »Dienstfahrt«, »Entfernung von der Truppe« und so weiter –, die ist sozusagen jedem Autor immanent. Ich bin gespalten, ich bin schwankend. In mir steckt ein Oblomow, wirklich, der steckt auch drin. Und gleichzeitig einer, der versuchen möchte, ein bißchen Aufklärung zu schaffen, ein bißchen Leben in die Bude zu bringen, verstehst Du. Diese Gespaltenheit geht durch alles durch. Ich weiß nicht, ob es Gespaltenheit ist, oder sagen wir, ob es zur Literatur gehört, daß man nicht nur ein Agitator ist, der man auch sein kann.

*Vormweg:* Der Schriftsteller ist ja als Schriftsteller im Zentrum dessen, was er macht, eigentlich nie ein Agitator.

*Böll:* Nein, das kann er gar nicht sein.

*Vormweg:* Von diesem Zentrum her und den Erfahrungen, die man macht, wenn man zum Beispiel ein Buch wie »Ansichten eines Clowns« schreibt, ergeben sich natürlich Ansätze.

*Böll:* Ja, in diesem Zentrum, wie Du es nennst, das ist ein sehr guter Ausdruck, sagen wir: für das Herz der Schreiberei und auch das Bewußtsein der Schreiberei ist ein Autor *alles*. Das steckt auch in mir, in diesem Zentrum: ein potentieller CDU-Wähler, ein Zuhälter, ein Krimineller, vielleicht ein Kardinal oder ein Kaplan, ein Bürgermeister, ein kleiner Angestellter steckt in dem Zentrum, weil ein Autor als Autor gar nicht Agitator sein kann, verstehst Du. Das merkt man an vielen Erzählungen, die agitatorische Züge haben, ich meine, die kannst Du direkt als die schwächeren erkennen. Aber als Publizist, als Zeitgenosse, auch als bewußter Bürger eines Landes – jetzt rede ich schon wie Kohl –, auf das ich viele Hoffnungen gesetzt habe als vom Nationalsozialismus Befreiter und immer noch eine gewisse Hoffnung setze, das muß ich gestehen, – als bewußter Bürger muß ich natürlich das Zentrum verlassen, nennen wir es so. Und wirklich exzentrisch arbeiten als

Satiriker, als Publizist, als Polemiker, als Pamphletist. Diese Ausflüge in die Unruhe, auch literarisch, die gehören für mich zur Literatur dazu. Es wird ja immer unterschieden – jetzt da diese komische Kölner Geschichte, die Ehrenbürgerschaft, man will nur den Literaten ehren. Aber der Literat ist ja in allem. Eine typisch bourgeoise Täuschung, hier Unterschiede machen zu wollen.

*Vormweg:* Mit dieser Kölner Sache meinst Du, daß man Dir die Ehrenbürgerschaft nur als einem Literaten geben wollte.

*Böll:* Nur dem Literaten. Das ist ja Unsinn. Eine bemitleidenswerte Täuschung der Bourgeoisie.

*Vormweg:* Ist diese Spannung, die man da nicht wahrhaben wollte, nicht konstitutiv für den Autor? Sich im Zentrum sicher zu fühlen, ist natürlich auch eine Täuschung. Ist es überhaupt möglich, Realität zu vergegenwärtigen, Anschauung zu geben, wenn nicht die Unruhe von außen dazwischenkommt?

*Böll:* Ich glaube, ja. Es gibt Autoren, die es versuchen, die es auch tun, ich beneide sie. Ich weiß aber nicht, ob der Neid angebracht ist, weil ich nicht weiß, ob man so schreiben kann.

*Vormweg:* Jedenfalls ist es auch ein Kriterium – um auf den Begriff noch einmal zurückzukommen – des »Schreibens als Zeitgenossenschaft«.

*Böll:* Ja, natürlich.

*Vormweg:* Weil man ohne diese Unruhe im Grunde nicht leben und schreiben kann.

*Böll:* Es gehört eigentlich beides zusammen, das Zentrale und das Exzentrische in dem Fall, wenn wir den Begriff Zentrum übertragen.

*Vormweg:* Wir könnten jetzt lange Zeit über Deine publizistische Arbeit sprechen. Aber es gab dann auch Zwischenphasen. Und da wird deutlich – finde ich –, daß trotz all dieser zunehmenden Bedrängnisse, Beunruhigungen, doch in den Figuren, auch wenn sie untergehen, eine deutliche Hoffnung erkennbar bleibt. Für mich bezieht sich das auch auf die Hoffnung, die Du Ende der sechziger Jahre dann in die neue Regierung damals, in die sozialliberale Koalition, in Brandt, gesetzt hast. Und danach möchte ich jetzt einmal so pauschal fragen: Ich glaube, es ist schon klar, wie es zusammenhängt zwischen der produktiven Ruhe im Zentrum und der direkten Wendung nach außen, aber wie stellt sich das in Deiner Erinnerung dar, diese Zeit auf 1969 zu?

*Böll:* Ich habe nur bei dem Wahlkampf ein bißchen mitgewirkt, der als Thema die Ostpolitik hatte. Ich will das Wort Versöhnung gar nicht gebrauchen. Es ist eigentlich töricht, im Zusammenhang von Völkern von so etwas zu sprechen wie »deutsch-französische Freundschaft«. Das ist für einen Autor so selbstverständlich, daß man nicht Feindschaft gegen ein Volk, gegen einen Nation hat. Das war für mich das wichtigste, die Ostpolitik und die Sozialpolitik. Die Ostpolitik, weil das, was wir Kalten Krieg nennen, dieser ganze bis zur bittersten Dummheit getriebene Antikommunismus, hat vergessen machen, daß der Osten Europas die Hauptlast des Krieges getragen hat. Die Hauptlast des Krieges, der Vernichtung, der Zerstörung, bis zum Letzten, wenn Du die Pläne der Nazis jetzt noch einmal liest, die wirklich Ausrottungspläne waren für ganze Völker. Die Juden waren diejenigen, an denen es vollzogen worden ist, aber die Vernichtung war ja für andere Völker auch geplant, für das slawische »Untermenschentum« und so weiter. Und heute, wenn du das ganze Abrüstungs-, Aufrüstungs-, Umrüstungs-, Nachrüstungs-Gequatsche, dieses blöde Gequatsche hörst, wird ja immer vergessen, daß der Teil der Welt, dem jetzt die Überrüstung vorgeworfen wird, wahrscheinlich mit Recht vorgeworfen wird, den Krieg am besten in Erinnerung behalten hat und am schlimmsten erlitten hat. Das Argument hörst du nie, nie. Die Angst Osteuropas vor dem Krieg, verstehst Du, davon hörst du nie, wir brauchen gar nicht über Afghanistan, über Polen streiten. Gegenüber Osteuropa kam Gerechtigkeit mit der Ostpolitik, und das ist eine Sache, die Brandt und Bahr und damals auch noch Scheel wirklich zu historischen – glaube ich – Personen gemacht hat. Hinzu kam die Sozialpolitik, Reformpolitik und so weiter, die wieder mit Erinnerung zusammenhängt an die Wirtschaftskrise von 1929 bis eigentlich 1938, wo also das Elend, das wirkliche Elend zum Potential für den Faschismus geworden ist, im großen und ganzen gesehen. Es war auch ein Potential für den Kommunismus, aber der war ja eigentlich dann schnell überwunden, wirklich schnell weg, wenn Du bedenkst, daß Deutschland einmal das kommunistischste Land der Welt war, viel kommunistischer als die Sowjetunion. Diese Erinnerung an das faschistische Potential, das in der Verelendung liegen kann, hat mich auch hoffnungsvoll gestimmt in bezug auf die soziale Reformpolitik, die Bildungspolitik vor allen Dingen, deren andere Seite ich noch erlebt habe als Junge. Es war für meine Eltern ein ungeheures Opfer, mich auf die Schule zu schicken, verstehst Du, ein ungeheures Opfer. Man kann heute gar nicht ermessen, was das bedeutet hat in der Wirtschaftskrise. Von sechsen von uns haben vier das Abitur gemacht, das war verrückt eigentlich, was das gekostet hat, materiell, psychisch, auch familienpolitisch. Wir hätten ja Geld verdienen können und so. All das und auch die bildungspolitischen Pläne. Und desto schnöder finde ich, was heute da passiert. Das waren meine Hoffnungen. Und wenn ich die Sozialpolitik oder die soziale Gesetzgebung in unserem Lande ansehe – mein Gott, schon wieder »in unserem Land«, das ist ja furchtbar –, finde ich, das ist großartig, was da geschehen ist. Man hat wahrscheinlich übertrieben mit einem Wachstum gerechnet, das nicht weitergehen konnte, da waren noch Illusionen drin. Aber ich finde eine Illusion besser, als von vornherein totale Repression zu üben. Diese Hoffnungen sehe ich in unserer sozialen Gesetzgebung erfüllt, und wenn ich aus anderen Ländern zurückkomme, besonders aus Amerika, aus Nordamerika, und erst recht die anderen Teile der Welt sehe, dann habe ich immer das Gefühl, in ein sozialistisches Land zu kommen, wirklich. Ich weiß, es ist eine Täuschung. Die Ostpolitik und die Sozialpolitik also. Wobei für mich beide gleichwertig waren, die Ostpolitik manchmal noch wichtiger, weil dieser große Teil Europas, der sogenannte Ostblock – über den wurde vorher überhaupt nicht geredet. Es interessierte keinen Menschen in

Amerika, was die Sowjetunion im Krieg gelitten hat. Jetzt, vor ein paar Jahren, da haben sie diesen Film »Der unvergessene Krieg« gemacht, dann kam ein Buch mit diesen großartigen Fotos, die erste Publikation über die Leiden der sowjetischen Völker, in Amerika heraus. Das wird eben auch verdrängt, es wird eine Tatsache verdrängt, daß wir die Befreiung Europas auch der Roten Armee verdanken.

*Vormweg:* Das ist in diesem amerikanischen Film ja sehr deutlich eingestanden.

*Böll:* Ja, aber spät, 30 Jahre nach dem Krieg.

*Vormweg:* Weil wir gerade bei der Ostpolitik sind, hätte ich noch eine Frage. Du warst 1962 zum ersten Mal in der Sowjetunion, und meine Frage geht dahin: Glaubst Du, daß es in der Sowjetunion Leute gibt, die verstehen, daß Du einerseits den Gründen dafür gefolgt bist, die Du aufgezählt hast für die Ostpolitik Willy Brandts, und andererseits, kaum hatte sich diese entwickelt, eingetreten bist für die Dissidenten? Dies jetzt dokumentiert in der Beziehung zu Solschenizyn und vielen anderen und in der anschließenden Entwicklung, die so viele Schriftsteller und Intellektuelle nicht nur aus der Sowjetunion, sondern ja auch aus den anderen Ländern, ČSSR, DDR, Polen, in den Westen geführt hat. Glaubst Du, daß es in der Sowjetunion Menschen gibt, die das verstanden haben?

*Böll:* Ja, ganz bestimmt die meisten Intellektuellen. Über die anderen Menschen kann ich gar nichts sagen, weil ich keine Möglichkeit hatte, mit ihnen in Berührung zu kommen, und weil deren Informationsstand unglaublich niedrig ist. Ich glaube sogar, wenn die Bevölkerung der Sowjetunion über die Rüstung der Sowjetunion informiert wäre, was sie nicht ist – wir sind ja halbwegs, halbwegs informiert –, daß es da auch eine Friedensbewegung geben könnte. Die haben ja keine Ahnung, verstehst Du? Und für mich war das nie ein Gegensatz, für die Entspannung zu sein und gleichzeitig ohne jedes Pardon oder jede Konzession gegen die Verfolgung von Intellektuellen zu sein.

*Vormweg:* Für mich ist es auch kein Gegensatz. Aber ich habe die Frage gestellt, weil ich weiß, wie oft das selbst in der Bundesrepublik als Gegensatz empfunden wird.

*Böll:* Das ist mir unbegreiflich. Also wenn ich schon sagen soll: als Intellektueller, dann ist es für mich eine Selbstverständlichkeit, daß beides miteinander geht. Und da mache ich den Entspannungspolitikern einen Vorwurf, vor allem den kleineren, diesen sich anpassenden, daß sie in dem Punkt nicht energisch genug gewesen sind. Meine Erfahrung auf einer ganz kleinen und unteren Ebene, die ich zum Teil auch als Funktionär im PEN-Club und so weiter gemacht habe, ist, daß man ganz energisch mit den sowjetischen Funktionären reden kann und reden muß, und daß die das respektieren, ganz energisch, ohne Pardon und ohne etwas zurückzunehmen; das entspricht meinen Erfahrungen. Und manchmal habe ich gedacht, der Kredit der Bundesrepublik in der Sowjetunion ist so enorm, daß wir uns das gar nicht vorstellen können, ökonomisch sowieso, politisch auch, weil wir sozusagen den Faschismus überwunden haben, was nicht ganz stimmt, aber als Staatsgebilde so, wie wir uns darstellen. Aus dieser Bewunderung und auch der Berechnung, weil die Bundesrepublik ein so wichtiger Staat ist, hätte man meiner Meinung nach mehr rausholen können, was die Menschenrechte betrifft, noch mehr. Da waren mir die Entspannungsfreunde auf der mittleren, unteren und auch auf den oberen Ebenen zu vorsichtig. Weil sie – natürlich sind sie abhängig von Presse und öffentlicher Meinung und so weiter –, weil sie den Gegensatz nicht auf sich genommen haben, den scheinbaren.

*Vormweg:* Ich möchte noch einmal auf die drei vielleicht wirkungsstärksten erzählerischen Werke in dieser Zeit zurückgehen: »Gruppenbild mit Dame«, »Die verlorene Ehre der Katharina Blum« und »Die fürsorgliche Belagerung«. Es ist ja jetzt ganz unverkennbar deutlich, daß die Unruhe von außen, von der wir gesprochen haben, in die Ruhezone des Erzählens, des Produzierens, eindringt bei allen drei Büchern. Wobei mir scheint, daß das »Gruppenbild mit Dame« am stärksten auch auf die sozialpolitischen Hoffnungen angesprungen ist, sie reflektiert, verdeutlicht. Sowohl hier wie auch in der »Katharina Blum« ist sehr stark auch immer noch da dieses original Heinrich Böllsche Moment zum Beispiel einer fast sakralen Vorstellung von Liebe. Und ich glaube, daß von daher sich jetzt innerhalb des erzählerischen Werkes immer wieder eine Art Hoffnung gegen alle Widerstände – in der »Katharina Blum« etwa gegen die Mediengewalt – artikuliert. Das ist mehr oder weniger klar bei diesen beiden Büchern. In beiden Büchern stehen aber Frauen ganz eindeutig im Vordergrund. Und da ist kein Wechsel, aber eine Verstärkung in Deiner Vorstellung von der Rolle, der Bedeutung von Frauen. Und ich wollte Dich einfach bitten, dazu noch etwas zu sagen. Ist Dir das da aufgegangen?

*Böll:* Es ist nicht bewußt passiert, wahrscheinlich ist es eigentlich selbstverständlich für mich, ich weiß es nicht, ich kann es nicht erklären, vielleicht bin ich *auch* eine Frau.

*Vormweg:* Das ist jeder ein bißchen. Das Überraschende ist nur – und das spricht wieder für Deine Vorstellung von dem Block, an dem der Schriftsteller arbeitet –, daß eben dies ja auch in der Zeit geschehen ist. Auch das Selbstbewußtsein der Frauen hat sich ja von Ende der sechziger Jahre her so stark entwickelt.

*Böll:* Ja, das auch. Frauen machen ja in den meisten Fällen nicht Geschichte, sondern erleiden sie nur – in den meisten Fällen. Geschichte im allerweitesten Sinne, Familiengeschichte, Sozialgeschichte, politische Geschichte. Die erleiden sie meistens ja nur, erdulden sie und haben ihre Einsichten, die dann als emotional diffamiert werden können, die aber doch tiefgehende Einsichten in die – sagen wir – Lebensbedingungen der Menschen bedeuten. Weil sie eben – sagen wir im normalen Falle – mit dem Alltag befaßt sind, verstehst Du? Es gibt ja sehr wenig Männer, die so unmittelbar den Alltag sozusagen in die Hand nehmen müssen mit all den lächerlichen Details von Einkaufen bis Miete, Schuhe für die Kinder und so weiter. Und da wird, ich finde, jetzt ganz unabhängig von Emanzipations-Theorien, zu wenig auf die Erfahrung und die Einsicht von Frauen gehört und gesehen. Unsere Gesellschaft wird ja immer männlicher, was für mich fast gleichbedeutend ist mit dümmer, dümmer – die Vermännlichung der Welt. Guck Dir diese Konferenzen an, diese Rüstungs-Quatscherei und alles, das ist ja eine Verdummung, es wird ja immer dümmer bei gleichzeitig anspruchsvollem intellektuellem Vokabularium. Also sagen wir: akademisches Analphabetentum, es gibt ja habilitierte Analphabeten, wie wir wissen – das entfernt sich immer mehr vom Leben, wenn ich auch dieses Wort nur zögernd nenne, weil es so einen biologischen Unterton hat. Es entfernt sich immer mehr. Wenn dann vereinzelt Frauen zur Macht kommen, müssen sie sich meistens sehr männlich gebärden, das ist dann noch peinlicher. Es hat ja gar nichts damit zu tun, ob eine Frau oder ein Mann den Posten hat, sondern damit, das einzubeziehen, was Frau ist oder fraulich ist – ein komisches Wort.

*Vormweg:* Es gibt also auch eine falsche Emanzipation?

*Böll:* Kann sein. Wobei also noch lange gesprochen werden müßte über Mann/Frau überhaupt. Aber in dem, was ich gesagt habe, liegt möglicherweise eine der Ursachen, daß in den meisten meiner Bücher Frauen eine wichtige Rolle spielen.

*Vormweg:* Der Alltag hält die Frauen menschlicher?

*Böll:* Ja, ja.

*Vormweg:* Dann wäre also eine emanzipatorische, jetzt fällt mir das so ein, eine emanzipatorische Entwicklung vom Alltag weg etwas sehr Fragwürdiges, weil sie sich im Grunde entfernt davon, was die Menschlichkeit frisch hält oder lebendig hält oder immer wieder erneuert?

*Böll:* Das ist ein großes Problem. Ich verspreche mir zum Beispiel nicht viel davon, wenn Frauen rein numerisch entsprechend ihrem Anteil an der Bevölkerung im Parlament wären und gleichzeitig weiterhin diese wirklich dumme Männerwelt alles, was Emotion bedeutet, ständig diffamiert und denunziert. Das geht bis in unsere seriöse und überregionale Presse.

*Vormweg:* Wir nähern uns da jetzt beiläufig einem Thema, das wir auch nicht auslassen können, weil es so eine große Rolle gespielt hat in Deinem Leben in den letzten Jahren, und zwar nähern wir uns ihm über die Frauen. Es hat ja überraschenderweise – oder vielleicht auch nicht – unter den Terroristen so viele Terroristinnen gegeben. Nur zur Anknüpfung zunächst die Frage, weil wir dann auf »Die fürsorgliche Belagerung« kommen müssen, glaube ich: Ist das möglicherweise auch ein Produkt dieser seltsamen Verzerrung, unter der Frauen leben, in den Herausforderungen auch heute, in ihren emanzipatorischen Wünschen und so weiter, ohne daß sie genau wissen, wohin es geht? Ist es eine extreme Verzerrung dieses Zustandes, daß so viele Terroristinnen dabei sind?

*Böll:* Es ist ganz bestimmt kein Zufall, daß unter den Terroristen so viele Frauen und Mädchen sind, ganz bestimmt kein Zufall. Und das läßt sich natürlich nicht aus dem Zusammenhang der Emanzipation heraustrennen, der Befreiung auch, der merkwürdigen, eben brisanten Mischung von hoher Intellektualität und Emotionalität etwa bei der Ulrike Meinhof, die ja eine erstaunliche Erscheinung war. Das darf ja nicht gesagt werden. Ich weiß noch, damals, als der ganze blöde Springer-Zeitungs-Scheißdreck lief, wurde deren Fernsehspiel »Bambule« abgesetzt. Ich habe dann mit dem damaligen Programmdirektor Lange, den ich kannte, gesprochen. Wieso eigentlich? Ist das keine Autorin, ist der Genet, der ein notorischer Krimineller ist, kein Autor? Das fand ich dann eben bourgeois, so auf etwas zu reagieren. Und das hat möglicherweise auch mit den Frauen in meinem Roman zu tun, die also alle einen rebellischen Zug haben, rebellisch kann man es nennen – nicht? Rebellieren gegen Konventionen, gegen Zwänge.

*Vormweg:* Die Terroristin in »Fürsorgliche Belagerung« besinnt sich ja im letzten Augenblick noch, aber was den Roman und seine Wirkung angeht – er ist ja heftig kritisiert, diskutiert, angegriffen worden –, da hatte ich den Eindruck, daß das wirkliche, meist gar nicht erkannte Skandalon darin bestanden hat, daß der Terrorismus mit allen Seiten der verschiedenen Folgespielarten im Roman als ein Ereignis *in* unserer Gesellschaft aufgezeichnet worden ist. Und nicht als etwas, das sich am Rande unserer Gesellschaft, wo man eigentlich schon gar nicht mehr hinguckt, zufällig ereignet hat und das einfach beseitigt werden kann. Hast Du das auch so beim Schreiben erlebt?

*Böll:* Nein, das habe ich nicht. Ich habe mir überlegt, woher kommt das eigentlich? Sind das alles Verrückte, sind das Leute, die bewußt kriminell sind? Es gibt ja viele Elemente, es gibt da ja auch ein Mitläufertum, selbst innerhalb kleiner Gruppen gibt es Mitläufer. Was mich da bewegt hat, war eigentlich das Problem der Treue. Ich glaube, daß man zu wenig darüber nachgedacht hat, was Treue bedeutet, auch innerhalb einer terroristischen Gruppe. Die Qualität der Treue und der Zwang der Treue. Überhaupt, Treue ist ein Problem, da kannst du fünfhundert Romane schreiben, auf jeder Ebene.

*Vormweg:* Sie spielt ja auch eine große Rolle von Anfang an bei Dir.

*Böll:* Nein, verstehst Du, das eigentlich hat mich gereizt: Treue des Vaters zu seinen terroristischen Kindern auch, die ja auch jetzt bei diesen neulich verhafteten Terroristen wieder sichtbar wird. Die Treue innerhalb einer terroristischen Gruppe und eigentlich die Untreue der sie umgebenden Gesellschaft. Diese Wirtschaftskämpfe, die stattfinden, diese Heuchelei von Solidarität. Im Grunde besteht daraus ja unsere gesellschaftliche Konzeption; die ökonomische ist ja eine Kampfsituation. Der eine muß doch den anderen bekämpfen. Wenn ich Stühle mache und Du oder wir produzieren – was weiß ich – Autos oder Unterwäsche, dann müssen wir uns doch bekämpfen. Da finden doch dauernd Kämpfe statt zwischen Gruppen, zwischen verschiedenen Zweigen, jetzt kommt doch der ganze Schwindel mit der freien Marktwirtschaft raus, Freihandel.

*Vormweg:* Aber das hieße ja fast, daß Du in diesem schrecklichen Terrorismus doch zugleich eine Art Spiegelung von etwas ...

*Böll:* . . . natürlich, was wir noch gar nicht erkannt haben, ist der Terrorismus des Geldes. Welchen Terror Geld ausübt, was eigentlich mit unserem Geld angerichtet wird, falls wir etwas auf der Bank haben –, was weiß ich, ob davon Waffen gekauft werden, ob Indianer umgebracht werden mit meinem Geld? Also, der verborgene Terror interessiert mich da mehr als der offene, den ich schrecklich finde, weil er auch völlig ohne Basis operiert, das ist dann ja schon abstrakter Selbstzweck und auch reine Zerstörung, da brauchen wir nicht drüber zu streiten. Aber der verborgene Terror in unserem System, in unserer Art des sogenannten Erwerbslebens. Geistig-moralische Erneuerung, habe ich verstanden, besteht eben in der Belebung des Erwerbssinns. Mir lag daran – bei der »Fürsorglichen Belagerung« auch, das habe ich ganz bewußt gemacht, und vielleicht ist das auch deshalb schiefgegangen –, den Haß gegen eine bestimmte Schicht, eben gegen die Großkapitalisten, ich möchte sagen: zu reduzieren. Ich glaube nicht, daß es einzelne Personen sind, die da entscheiden, das sind andere Mächte. Du bist in einem System drin, und dieses System zwingt dich zu bestimmten Dingen. Und das möchte ich auch einem Kapitalisten zubilligen. Da gibt es ja auch welche, die aussteigen, das kriegen wir nur nicht so mit. Es gab auch nach dem Krieg Generäle, die wirklich zu Pazifisten geworden waren durch den Krieg, die hat man uns nie vorgezeigt, das waren dann wahrscheinlich »Kommunisten«.

*Vormweg:* In »Fürsorgliche Belagerung« passiert ja alles nicht nur in einem Land, sondern praktisch in einer Familie. Und schon das ist ja eine massive Provokation, auch gesellschaftlich gesehen, daß es in *einer* Familie geschieht. Aber was mich immer wieder erschreckt hat und was auch etwas bedeutet, ist, daß das hochgekommen ist und sich verstärkt hat in einer Zeit, in der man jetzt von der Regierung her, von den politischen Verhältnissen her ja doch begründet die Hoffnungen haben konnte, die Du schon zu Anfang erwähnt hast: die sozialpolitischen Hoffnungen, Ostpolitik und verschiedene andere, bis hin zu Abrüstungsüberlegungen und so weiter. Was mich erschreckt hat, ist, daß gerade in einer Phase, in der man diese Hoffnungen haben konnte, der Terrorismus sich so extrem entwickelt hat. Steckt da nicht ein Widerspruch drin? Oder hieß das, es sei nicht genug oder so etwas Ähnliches? Es steckt jedenfalls auch ein Stück Wahnsinn darin. Ist das nicht auch eine Frage für Dich gewesen, wie sich das verhält?

*Böll:* Es ist die Frage der Radikalität, und ich möchte fast sagen: des Manichäismus, ja, der im Terrorismus steckt, und ich glaube, denke, daß in jedem Autor auch ein Manichäer steckt, ein Radikaler, der bestimmte Dinge sofort und ganz haben will. Der Terrorismus hat natürlich wirklich intellektuelle Ursachen, aber nicht die Intellektuellen sind an ihm schuld, das ist das Schwierige und schon gar nicht im Bild-Zeitungs-Stil zu Vermittelnde. Für mich ist die Person, die das eingeleitet hat, doch immer noch Ulrike Meinhof, ich empfand den Baader eigentlich als eine lächerliche Nebenfigur, worauf Sartre dann reingefallen ist, schlimmerweise. Und dahinterzukommen, wie diese Frau so weit gekommen ist, ist wichtig. Es hat viele Hinweise und Gründe gegeben und Schritte. Das war ja nicht von vornherein eine Bomben-Radikalität. Und mit dieser Person, mit dieser Frau, sind wir noch lange nicht fertig; das ist eine Täuschung. Ich hoffe und denke, daß mancher junge Mensch, der nun jetzt mit diesem Terrorismus-Problem konfrontiert wird, sich doch einmal Gedanken machen wird, wie diese Frau dahin gekommen ist. Das hat persönliche Gründe wohl auch, eben emotionale, aber eben auch intellektuelle, und das ist noch nicht vorbei, das wird so ähnlich verdrängt wie nach dem Krieg die Verantwortung. Die Gesellschaft und besonders die Intellektuellen haben sich dieses Phänomen noch zu erklären. Diese Verantwortung ist nicht von uns genommen. Und das sind in diesem Roman, den Du erwähnst, Versuche der Erklärung, die alle mit Geld zusammenhängen. Dieser junge Mann, Rolf Tolm, der ist ja Bankfachmann, das ist kein Zufall.

*Vormweg:* Soweit ich das sehe, wäre der Anknüpfungspunkt das Ungenügen mit der Entwicklung. Was das Tempo der Entwicklung angeht, hast Du ja auch bald eine gewisse Erkaltung empfunden, je länger die sozialliberale Koalition bestanden hat. Und Du bist in der letzten Zeit doch auch wieder in neue Opposition geraten. Die Menschlichkeit, die Zukunft, die Hoffnung haben als Herausforderungsmomente in allem, was Du geschrieben hast, immer eine ganz große Rolle gespielt. Das Potential schien aufgebraucht zu sein, das hoffnungsgebende Potential. Ich glaube, heute muß man Dich auch noch fragen, wo Du denn Kräfte siehst, die trotz allem Zukunft versprechen. Und ob Du, was ja auch eine Rolle spielt, die wir flüchtig wenigstens berührt haben, ob Du Normen erkennst, feste Punkte, an die die Menschen sich halten können für die Zukunft – von heute aus gesehen. Im Rücken diese Enttäuschung, diese Ernüchterung.

*Böll:* Ich glaube, daß der Begriff Arbeit ganz neu definiert werden muß, umgedacht werden muß. Ich möchte es auf die Formel bringen: Es gibt wenig Arbeit, aber viel zu tun. Da meine ich zunächst die Arbeit im herkömmlichen Sinne und gleichzeitig die Arbeitslosen, die Arbeitnehmer alle, die jetzt wirklich in dieser schlimmen Situation sind. Arbeitslos zu sein ist eine schlimme Situation, es ist schlimm für einen Menschen, der arbeiten möchte, etwas tun möchte in seinem Beruf, den nicht ausüben zu können. Aber ich habe den Eindruck, daß alle Politiker, gleich welcher Partei, Täuschung betreiben, die zum Teil Selbsttäuschung sein mag, nicht bewußte Täuschung, wenn sie diesen Menschen Arbeit versprechen. Die Arbeit wird knapp, sie wird immer knapper, und wenn wir einen Arbeitsminister haben, dann müßte der eigentlich Arbeits-Verteilungs-Minister heißen. Das heißt, es muß da etwas Neues kommen, ein Bruch steht bevor. Ich nenne jetzt eine Gruppe, die Grünen, und manche Randbewegungen in der SPD auch, in der FDP auch. Nur in der CDU sehe ich diesen Ansatz nicht, sich zu öffnen für eine Brüchigkeit, die fruchtbar ist. Es muß ja etwas gebrochen werden, die Erde muß sogar umbrochen werden, damit sie fruchtbar wird, verstehst Du, bleiben wir bei diesem archaischen Bild. Daß da aus vielen

Torheiten, vagen Ansätzen, es gibt ja auch da Mitläufer überall, daß da etwas Neues entstehen kann, muß, Wachstum vorbei, das sieht man doch überall. Es ist doch so offensichtlich in der Stahlproduktion, auch der Autoproduktion, und ich würde von einem Politiker, der jetzt Verantwortung hat in einer wirklich sehr schlimmen Situation, erwarten, daß er das ausspricht, daß er das Positive in dieser Entwicklung anspricht. Nämlich, daß es andere Formen der Arbeit gibt. Daß er sich einmal anschaut, wie viele Kranke das bisherige System produziert hat, wie man sie heilen kann. Das ist ja eine schöne und wichtige Beschäftigung, nicht unbedingt Arbeit im herkömmlichen Sinn. Da sehe ich einen Ansatz. Ich fürchte aber, daß diese Rüstungswalze, eine wirkliche Rüstungswalze, alle diese Ansätze zerstört. Die Menschen sind aber auch voller Hoffnung in diesen Bewegungen, sind bereit zu leben, sie sind sogar lebensfroh. Zu hoffen ist, daß das durch den dummen männlichen Mechanismus nicht zerstört wird. Ich würde von einem Politiker erwarten, daß er sich einmal anschaut, welche Einsichten hinter diesen Bewegungen stehen, die noch nur Bewegungen sind.

*Vormweg:* Was forderst Du als Schriftsteller von Dir selbst in dieser Situation, vor dieser Herausforderung?

*Böll:* Ich bin nicht arbeitslos, aber ich muß mich mit diesen Bewegungen beschäftigen. Ich möchte ihnen zum Ausdruck verhelfen, verstehst Du? Manches scheitert ja an der Artikulation. Und das möchte ich versuchen, nicht parteipolitisch, zu artikulieren, was sich da so unartikuliert öffentlich gebärdet. Aber eigentlich eine Hoffnung in sich hat.

## Weitere Bücher von Heinrich Böll bei Lamuv:

## Die Verwundung
und andere frühe Erzählungen

304 Seiten, gebunden

## Was soll aus dem Jungen bloß werden?
Oder: Irgendwas mit Büchern

96 Seiten, Ganzleinen

## Das Vermächtnis
Erzählung

158 Seiten, gebunden

## Der Zug war pünktlich
Erzählung

203 Seiten, gebunden

## Mein trauriges Gesicht
Erzählung (1949)
Mit Grafiken von Arnulf Rainer

31 Seiten, 5 Abbildungen, Broschur

Zusammen mit Klaus Staeck

## Gedichte und Collagen
60 Seiten, 8 mehrfarbige Abbildungen

Zusammen mit Lew Kopelew

## Warum haben wir aufeinander geschossen?
222 Seiten, 120 Abbildungen, Broschur

Herausgegeben von Heinrich Böll

## NiemandsLand
Kindheitserinnerungen an die Jahre 1945 bis 1949

ca. 200 Seiten, gebunden

Heinrich Böll

# BILD·BONN BOENISCH

Lamuv Verlag

## 7. Auflage

176 Seiten, Broschur
**DM 18,00**
ISBN 3-88977-008-8

288 Seiten, Broschur

Jürgen Roth/Berndt Ender

# Dunkelmänner der Macht

Politische Geheimzirkel und organisiertes Verbrechen

Dies ist kein Roman und kein Krimi. geschweige denn Science Fiction. Und trotzdem spannend, denn bei manchen Passagen denkt man an den wiedergeborenen Hitchcock zurück.

*tips, Juni 1984*

272 Seiten,
Französische Broschur

Karl-Klaus Rabe

# Einzelplan 14

Die Sicherheit der Bundesrepublik hat ihren Preis. Über 200 Milliarden Mark im Jahr kostet das Militär hierzulande. In den nächsten zwölf Jahren wird *jeder* Steuerzahler bei uns wohl im Schnitt *95 000 Mark* für die Verteidigung aufbringen. Und auch unsere Verbündeten wollen diesbezüglich kräftig investieren. Doch darüber gibt der Einzelplan 14, der Etat des Bonner Verteidigungsministeriums, keine Auskunft. Im Preis unserer Sicherheit inbegriffen: Auf Truppenübungsplätzen blüht das Leben. Die US Army heizt mit »Longflame« ordentlich ein. Das Buch nennt über *850 Orte in der BRD*, die alle an ihrer Verteidigungslast tragen.

# Die Befreiung des Latscho Tschawo

Ein Sinto-Leben in Deutschland

Er war als Kind seit 1942 im Ghetto Lodz, seit 1943 im Konzentrationslager Auschwitz-Birkenau. Bevor dort das »Zigeunerlager« aufgelöst wurde, kam er in einen anderen Block. Am 28. Januar 1945 wurde er schließlich befreit. Er hat nur durch Zufall überlebt. Er ist ein Sinto, kein Zigeuner, denn Zigeuner kommt von »ziehender Gauner«. Und er fragt sich heute: »Wurde ich am 28. Januar 1945 wirklich befreit?« Dies ist seine persönliche Lebensgeschichte, um nicht zu sagen, Leidensgeschichte.

144 Seiten, Broschur

Günter Neuberger/Michael Opperskalski

## CIA im Iran

Die Geheimdokumente aus der
Teheraner US-Botschaft

Dieses Buch ist ebenso spannend wie infor-
mativ, weil es (...) am konkreten Fall die
gefährlichen Machenschaften eines
Geheimdienstes. (...) desillusionierend auf-
deckt.

*Roland Jost in: die tat*

160 Seiten, Broschur

Günter Neuberger/Michael Opperskalski

## CIA in Mittelamerika

Einleitung: Freddy Bálzan

Neben den Berichten über Organisationen,
die nach Ländern gegliedert dargestellt
werden, ist besonders das Kapitel von Fred
Landis über »CIA-Medienoperationen in
Chile, Nicaragua und Jamaika« eine
gleichermaßen enthüllende wie auch analy-
tisch scharfe Abrechnung mit dem geistigen Gangstertum und dem blutigen Bandi-
tenunwesen der CIA.

206 Seiten, Broschur

Günter Neuberger/Michael Opperskalski

## CIA in Westeuropa

Mit bisher unveröffentlichten Geheim-
dokumenten der US-Armee für einen
Kriegsfall in Europa

Einleitung: Philip Agee

Das Buch beschreibt, wie der CIA arbeitet:
Wie er seine Agenten tarnt, mit wem er zu-
sammenarbeitet, wie er Organisationen
aufbaut, mit Scheinfirmen operiert oder
falsche Nachrichten in die Welt setzt.

224 Seiten, Broschur

159 Seiten, Broschur

## Michael Muermann

# Musto, Sahhe und Ousso

Eine Geschichte aus Kurdistan

Ihr Land wird man vergeblich auf der Landkarte suchen. Ihre Dörfer, Städte und Provinzen, ja sie selbst dürfen nicht ihre Namen tragen. Ihre Vereine und Parteien sind verboten. In den Schulen darf ihre Sprache nicht gesprochen werden. Verächtlich werden sie »Wilde« oder »Bergtürken« genannt. Wehren sie sich gegen ihre Unterdrückung, werden sie nicht selten gefoltert und ermordet. Die Rede ist von den Kurden, die in der Türkei leben.

224 Seiten, gebunden, mit Schutzumschlag

## Mario Benedetti

# Die Gnadenfrist

(La tregua)
Roman

»Offenbar hat Gott mir ein düsteres Schicksal zugeteilt. Nicht einmal grausam. Einfach nur düster. Offenbar hat er mir eine Gnadenfrist gewährt. Anfangs habe ich mich geweigert, zu glauben, daß dies die Glückseligkeit sein könnte. Ich weigerte mich mit aller Kraft; dann gab ich mich geschlagen und glaubte daran. Aber es war nicht die Glückseligkeit, es war nur eine Gnadenfrist. Jetzt hat mich mein Schicksal wieder. Und es ist düsterer als zuvor, viel düsterer.«

330 Seiten, Broschur

## Elena Poniatowska

# Allem zum Trotz ...

Das Leben der Jesusa

Glücklicherweise verzichtet Elena Poniatowska auf psycho-, sozio- oder anthropologische Einordnungen. Sie beschreibt Jesusa als individuelle Persönlichkeit, wenngleich sie sie auch beispielhaft für eine Frau ihrer Klasse sieht. »Allem zum Trotz ...« ist die spannend zu lesende, authentische Lebensgeschichte einer Frau, die, wie so viele in Lateinamerika, nie Schreiben gelernt hat.

*Renate Hücking in: Konkret Literatur*